夜《よ》廻《まわり》

原作　日本一ソフトウェア
著　保坂歩
イラスト　溝上侑(日本一ソフトウェア)

PHP
文芸文庫

○本表紙デザイン＋ロゴ＝川上成夫

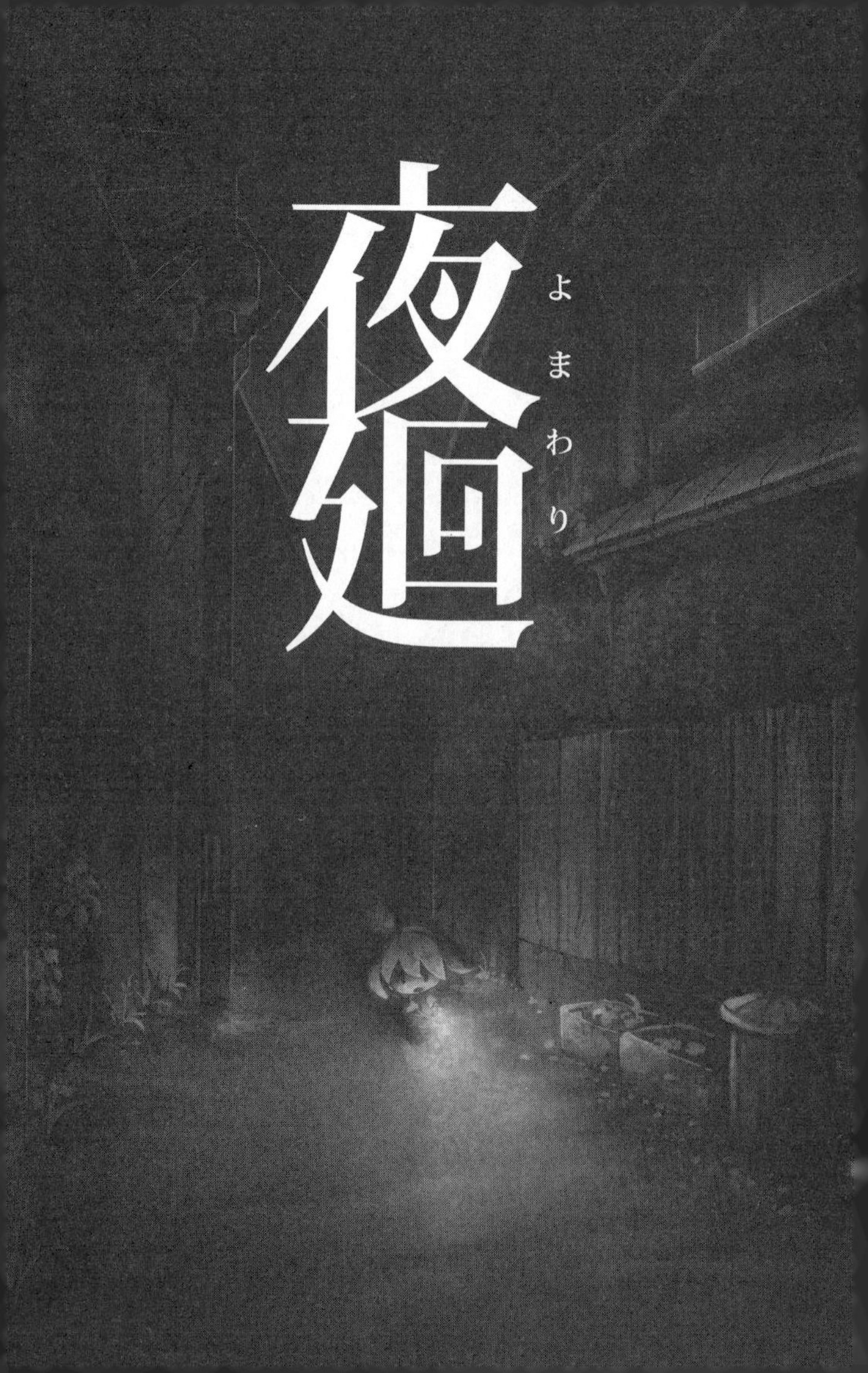

夜廻
よまわり

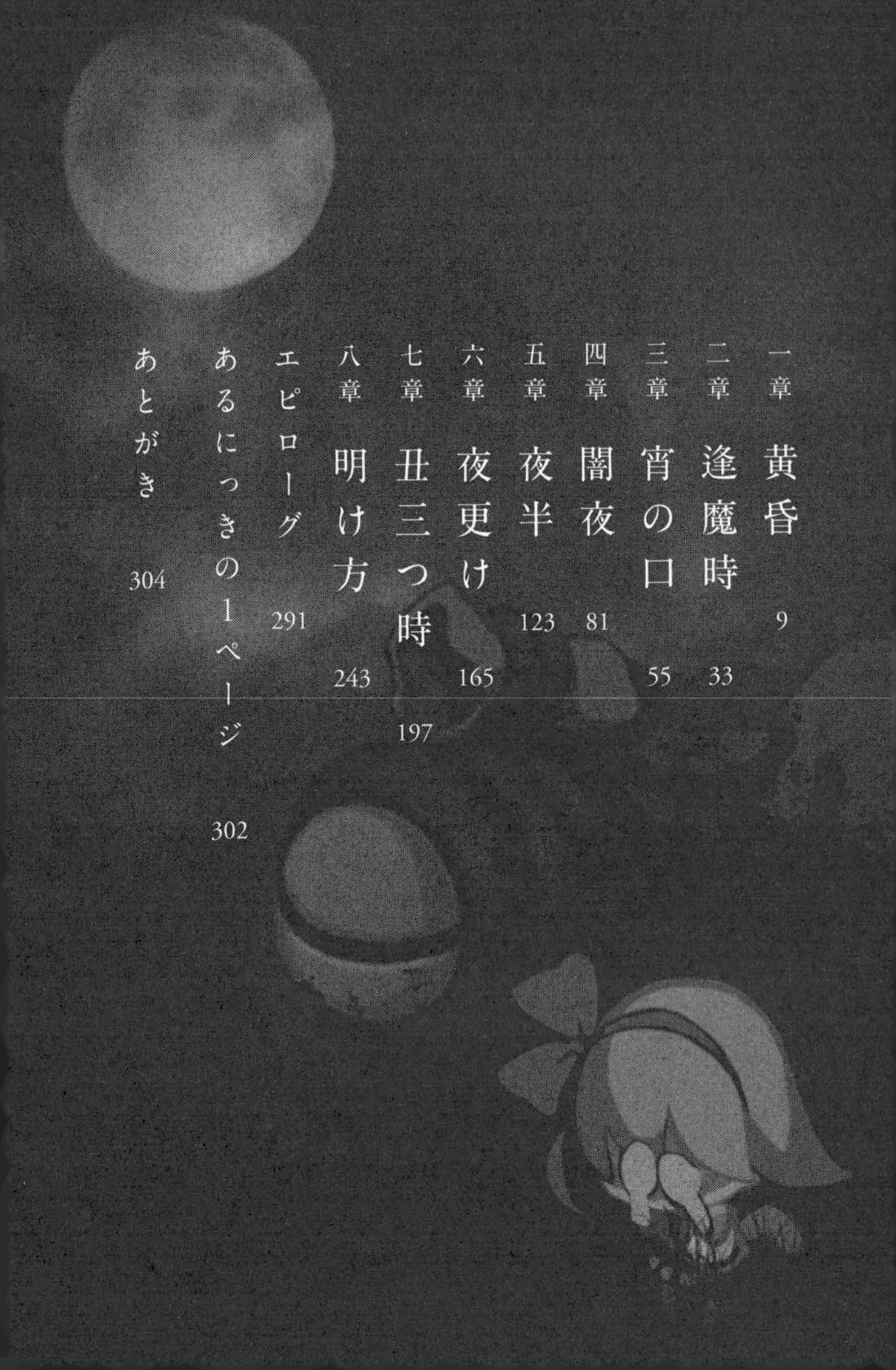

夜廻《よまわり》

一章 ── 黄昏

黄昏《たそがれ》妹

お母さんのことは、声だけなら覚えてる。

わたしが自分の名前を言えるようになったころには、もうお母さんはいなかった。

お母さんのことを誰かに聞かれても、一緒に暮らした思い出なんてないから、いつも困ってしまう。わたしにお母さんがいないことを知ると、どうしてか、みんな気の毒そうな顔をした。

わたしにとって「お母さん」は、噂話《うわさばなし》みたいなもの。

お母さんが普段どんな言葉をかけてくれるのか。どんな匂いがするのか、どのぐらいあたたかいのか。わたしは覚えていないし、想像もできない。

お父さんは仕事で、ほとんど家にいなかった。だからわたしの家では、お料理もお掃除も、熱を出したときの看病も、ぜんぶお姉ちゃんがやってくれた。お姉ちゃんはわたしと少ししか歳《とし》が変わらないのに、いつだって優しくて、大人だ。

その分お姉ちゃんは毎日忙しいから、常にわたしの相手をしてくれるわけじゃない。

小学校から帰ってきたわたしと遊んでくれるのは、ポロだった。

ポロは昔からわたしたち家族が飼っている、白くておとなしい犬。

ひとりぼっちの時間は多いけど、そんなときはポロと遊んでいるから、さみしいと思ったことはあまりなかった。

散歩用のリードを持って外に出ると、散歩が大好きなポロは犬小屋から出てきてわたしにじゃれついてくる。お姉ちゃんにていねいにブラッシングされているポロの毛並みはフワフワで、まっしろな体からは、あたたかなお日さまの匂いがした。吐息《といき》が鼻にかかって、くすぐったかった。

ポロと一緒に町を歩くと、いろいろな発見がある。

近所のノラ猫が集会を開く空き地。目立たなくって名前も知らない、でもきれいなお花が咲く花壇《かだん》。鼻の奥がひんやりとする、夕方の町の風。

ポロと一緒に見つけたステキなものが、この町にはたくさんある。わたしにとってポロとの散歩は、大切な時間で、お勉強の時間でもあった。

夕方の散歩は道が暗くて少し不安になるけど、リードをぐいぐい引っ張るポロの力が、わたしを動かして前向きにしてくれる。

ポロはいつも、わたしに元気をくれた。学校のいじわるな友だちなんて、ポロが軽く吠《ほ》えるだけでどこかに行ってしまう。

お姉ちゃんも昔から、ポロには何度も助けてもらっていると言っていた。大人のいない家で暮らすわたしとお姉ちゃんにとって、ポロは一番頼りになる家族だった。

その日も学校から帰ったわたしは、すぐに愛用のウサギのポシェットを背負《しょ》って、ポロと一緒に町外れの山道にやってきていた。

黄金色《こがねいろ》の心地良い風が木々を揺らし、わたしの頬《ほお》をくすぐる。どこからか聞こえてくる、ヒグラシの鳴き声。

夕暮れどきの山は、わたしのお気に入り。

静かすぎると耳鳴りが起きてしまうので、これぐらいのほうがわたしは落ち着く。

見慣れた景色の中を、しばらくポロを追いかけて歩いていると、不意に肌寒《はだざむ》くなってきた。

わたしはリードを握ったまま、体温を逃がさないように両手で自分の体を抱き締めた。

――もうそろそろ、帰ったほうがいいかも。

そう思いながら、ポロ用のゴムボールを放り投げる。

「あ！」

軽く投げたつもりだったのに、ゴムボールは近くで止まらずに、勢いよく転がっていってしまった。慌《あわ》ててポロと一緒に追いかけると、山道の先にあるトンネルへと吸い込まれていくのが見えた。

風が鳴っている。

なにかが唸《うな》るような低く重い音がして、山そのものが苦しんで痛がっている、泣き声のように思えた。おどろおどろしいけれど、どこか心に引っかかる。

風鳴りの正体は、闇の中――トンネルの奥から吹き抜けてくる冷たい空気だった。

わたしは誘われるように近づいて、いつからあるのかも知らないトンネルの入り口まで歩みを進めた。風に宿る粘《ねば》っこい湿気が、手や足や、わたしの首筋にからみついてくる。

冬の風がそうであるように、冷たい空気は普通、乾いている気がする。

なのにこの風は、冷たくて湿っている。それが不気味で、風がわたしの腕を引っ張っているように感じた。

風がわたしを誘っている。

ゴムボールがトンネルの中にある。

――取りに行かなきゃ。

そう思うのに、暗闇《くらやみ》の向こうではなにかが待ち受けている気がして、なかなかあと一歩、足を動かすことができない。

「わんっ」

いきなり、険《けわ》しい声でポロが鳴いた。

ハッとなったわたしとトンネルとを見比べて、ポロが息を荒くしている。わたしを引っ張っていた湿気が、いつの間にか消えていた。

――もう帰ろう。

ゴムボールのことは諦《あきら》めよう。

そう思ったけど、ポロはまだ遊び足りないみたい。トンネルから遠ざかりつつも、元気いっぱいに飛び跳ねようとしている。ピンと張ったリードを強く握り締めていると、なんだか愉快《ゆかい》になってきて、わたしは一人で笑った。

やっぱり、ポロが元気なら、わたしも元気になれる。

「ご飯の時間までには帰るからね、ポロ」

頷《うなず》くように「わん」と鳴くポロと一緒に、車道まで歩く。この時間は、車もほ

とんど通らない。わたしのように散歩している人もいないし、近所の人とも滅多《めった》に顔を合わせない。

わたしが住む町の人間は、夜が来るとみんな家から出ないみたい。24時間営業のコンビニエンスストアはあるけど、そこも賑《にぎ》わっているわけではないらしい。

――この町は、夜が嫌いなのかもしれない。

わたしはときどきそう思う。

「わんっ！」

ポロがおねだりをするように、すり寄ってくる。

相手をしてほしいらしいけど、今日はさっきのゴムボール以外になにも持ってきていなかった。おやつも全部あげてしまったので、もうなにも残っていない。ポロによろこんでもらえそうなものは、手元になかった。

それでもきゃんきゃんと物欲しそうに鳴くポロが可哀相で、周囲を見渡してみる。やっぱりポロの遊び道具になりそうなものはなくて、せいぜい小石が落ちている程度だ。ちょっと不自然なぐらいに、細かな石がたくさん路面に転がっている。

崖《がけ》の上から、小石がポロポロと落ちてきた。

まるで、誰かが投げ落としてきたみたい。ちょっと不思議な感じがしたけど、わたしは深く考えず小石を拾った。

なにを期待したのか、ポロの目が輝く。まだなにも起きていないのに、ポロが尻《しっ》尾《ぽ》を振る。

たいしたことなんてできないよ。心の中で、ポロに断った。

――断って。

ひょい、と小石を投げてみた。

なにも考えてはいなかった。わたしは、ポロの無邪気《むじゃき》な反応を見たかっただけだ。

思った通り、ポロは嬉《うれ》しそうに尻尾を大きく揺らしながら、小石を追いかける。

全ては同時で、一瞬だった。

――どすん。

影が。

大きな影が、通りすぎた。

呼吸が止まった。

心臓を鷲掴《わしづか》みにされたような、重たい衝撃《しょうげき》。

なにか大きな生きものかと思ったけど、それは生きものなんかじゃない。あまりにも見慣れた無骨な鉄の塊《かたまり》だった。

地響きとともに道路を通りすぎていくその塊は、黄昏《たそがれ》を終わらせにきた、夜の姿だとわたしは感じた。そしてわたしの視界は――わたしに繋《つな》がる黄昏の世界は、そのとき消えてなくなった。

わたしは思わず目を閉じて、顔を覆《おお》ってしまっていた。

くぅん、というポロのか細い鳴き声が――聞こえた気がした。

予想なんて、できなかった。なにが起こったのか、理解できなかった。

理解する前に、わたしは意識の外に放り出された。

急激な力で腕を引っ張られ、飛び込んできた影は、唸るような機械の音と、荒々しい煙を散らしつつ、すぐ道の向こうへと消えて。

車道の隅《すみ》で、わたしの意識が戻ってきたときにはもう、ポロはどこにもいなかった。

ポロとわたしを繋いでいたはずのリードは千切れ、路面には、赤黒い汚れが染みついている。異様な臭《にお》いに耐えきれず口元を押さえた。

――ポロ？

心の中で、ポロの名前を呼んでみる。

返事はない。

「ポロ？　どこ？」

今度は声に出して呼んでみる。やっぱり、返事はない。

わたしは軽くなったリードを握り締めて、車道を見渡した。

ガードレールの一部が崖の外側に向けて歪《ゆが》んでいる。まるで、なにかを一生懸命受け止めようとして、支えきれず、取りこぼしてしまった手のひらみたいだ。わたしは近くまで駆け寄って、ガードレール越しに崖の下を眺《なが》めた。

薄暗い林が広がっている。その先にはなにもなかった。

きっと、なにもない。あるわけが、ない。

何もない、はずだから。

「ポロ……」

響くのは、虫の声だけ。聞き慣れたポロの声はどこからも聞こえない。

わたしは崖に背を向ける。

「帰らなきゃ……」

ポロがどこに行ってしまったのか、なにも考えられない。想像したくない。

お姉ちゃん――。

今はとにかく早く、お姉ちゃんの待つ家に帰りたい。

ポロは「どこか」に行ってしまった。

わたしは振り返らない。

振り返ったら、自分も消えてしまう気がしたから。

お姉ちゃんは、どこか遠い目でわたしを出迎えた。その姿が視界に入った途端、じわりと目の前がにじむ。

「おかえり」

出迎えてくれたお姉ちゃんの言葉が、今日はなんだかわたしを責めているように聞こえて、胸がぎゅっと痛む。

「ただいま、お姉ちゃん」

わたしは応えた。

もっと伝えなければいけないことがあるはずなのに、それ以上言葉が出なかった。

お姉ちゃんが、千切れて汚れたリードに気づく。

「ポロはどうしたの？」

優しい声で、お姉ちゃんはわたしに尋ねる。

「いなくなっちゃった……」

地面を見つめながら――お姉ちゃんのつま先を見ながら、わたしは言った。

お姉ちゃんの表情がくもる。

「……逃げちゃったの？」

「…………………」

重ねられるお姉ちゃんの言葉に、わたしは次の言葉を返せない。さらになにやら言われたような気がしたけど、わたしの耳はそれをうまく受け止められなかった。

しばらく、沈黙が続いた。その時間は、永遠のように感じられた。

やがて、お姉ちゃんは。

「私、探してくる」

きっぱりと告げた。

わたしが顔を上げると、お姉ちゃんはもう歩きはじめていた。

「心配しないで、必ず見つけて帰ってくるよ。ご飯の用意はできてるから、先に食べてね。洗いものは台所に置いてくれればいいから」

しまった。

お姉ちゃんは微笑《ほほえ》み、一度部屋に戻って懐中電灯《かいちゅうでんとう》を握り締め、外に出て行って

わたしは、お姉ちゃんを止められなかった。

結局、食事はほとんど喉《のど》を通らなかった。お姉ちゃんやポロのことを考えている

と、ご飯を食べているだけで、背中の辺りがきりきりと痛む。感じたことのない痛

みだった。ケガをしたわけじゃないのに。

ただ、理由もなく痛い。

重たいものが、わたしを押し潰《つぶ》そうとしているみたいだ。

いても立ってもいられなくなったわたしは、せめて玄関の前でお姉ちゃんを待つ

ことにした。

日が沈んで、カラスも山に帰り、大きなお月さまが出て、満天の星が空を覆って

もなお、お姉ちゃんは帰ってこない。

――お姉ちゃん、遅いな。

ずしりと背中が重くなる。

遅いだけならいい。

遅いだけなら、いつか帰ってくる。

遠くで犬の遠吠《とおぼ》えが聞こえた気がする。

「ポロ…………」

もし、ただ遅いわけじゃなかったら。

お姉ちゃんが、ポロみたいに消えてしまったら。

一度不安になると、悪い想像ばかりしてしまって。

「……迎えにいこう！」

わたしは、夜の町へ足を踏み出すことにした。

迎えにいかなければ、お姉ちゃんは帰ってこない。そんな気がする。

——迎えにいけばきっと、戻ってくる。

お姉ちゃんはまだ、消えてないんだから。

わたしは、暗くて静かな夜の町へ、向かうことにした。


夜に一人で町を歩くのは、はじめての経験だった。

だからというわけじゃないけど、わたしには町が、昼とはまったく別の姿に変わっているように見えた。いつも通りかかる家の形が変わっているわけではないし、道の広さだって同じはずだ。だけど、そこにいるなにかが違う気がする。

うまく言葉にできない。わたしは無意識に、歩くスピードを速めていた。

山から帰ってきたときにも通ったT字路を、早足で越えようとした、そのとき。

——ガサリ。

なにかが、わたしの真横を通りすぎた。

二の腕にプップツと鳥肌《とりはだ》が立つ。こちらもそのまま通りすぎればよかったのに、わたしは立ち止まってしまった。

人影、だったと思う。

そちらに目を向けたくないのに、その人影もまた、立ち止まったように感じられた。見えないけれど、気配だけが消えない。じわり、じわりと、人影がこちらに近づいてくる。

見たくなんてないのに。

わたしは、見てしまった。見ずにはいられなかった。

「…………！」

街灯の下、佇《たたず》んでいたのは——。

——黒焦《くろこ》げの、人間だった。

その輪郭《りんかく》はもやもやとしていて、霧《きり》のような、煙《けむり》のような——人に近い、影のような。竹馬みたいに細長い足の上にでこぼこに歪んだ、大きな頭部が乗っかっている。

顔もある。

多分、顔だ。

目に当たる部分、口に当たる部分が白く窪《くぼ》んでいるから、恐らくあれは顔なのだ。

黒い影は、じっとわたしを見つめながら歩いてくる。窪みに、赤い光が——わたしへの、理不尽《りふじん》な怒りが宿っているように感じた。

足がすくむ。

心があるのかないのかもわからない影の目に、わたしは吸いこまれそうになる。

黒い影が、わたしのすぐ目の前まで来た。こんなに近いのに、黒い影は影のままだ。生きものじゃない。街灯に照らされた自分の影に、黒い影の長い足が重なり、とくん、と鼓動《こどう》が早まったとき。わたしはようやく、

——逃げなきゃ。

と思った。

まとわりつく霧を振り払うように、わたしは走る。

鼓動がさらに早まり、胸がどくどくと波打つ。呼吸が荒くなる。

振り返ってみる。影との距離は、思ったよりも離れていなかった。

——追いかけられている。このままでは、捕まってしまう。

誰かを呼ばないと。

でもこんなとき、なんと叫《さけ》んだらいいのかわからない。

結局わたしは、無言で逃げるしかなかった。

走って走って、全速力のポロを追いかけるときよりも速く、運動会のリレーのときよりももっともっと速く走って、心臓が爆発するほど走って、ようやく立ち止まった。

もう一度、振り返ってみる。

黒い影はいない。おかしな気配も感じない。

頼りない街灯の光が、ほんのりと地面を照らしているだけだった。

黄昏《たそがれ》

姉

　妹がひとりで帰ってきたのは、晩ご飯の準備をすべて終えたときだった。

　今日は鰤《ぶり》の照り焼きをおかずに用意したのに、焼きかげんを間違えて、皮を焦がしてしまった。

　あの子は魚の皮が苦手なのでそもそも食べないとは思うけど、得意な料理をいつも通りに作って失敗するのは、どうも気持ちが悪い。ただそれだけのことだけど、あとになって考えてみると、これも必然だったのかもしれない。

　最近ひどくなってきた目の霞《かす》みについて、もっと深く考えるべきだったんだろう。

　玄関が開く音がしたので、エプロンを脱ぎながら出迎えると、妹の様子が明らかにおかしかった。

　まるで、いきなり動き出した人形みたいだ。手足を無理矢理動かしているかのように、動作がぎこちない。心なしか、妹が愛用しているウサギのポシェットも元気を失ったように見える。

手には、乱暴に引き千切られたリード。

昔の私だったら、悲鳴をあげたかもしれない。

「ポロはどうしたの？」

逃げちゃったの？

できるだけ優しい口調で尋ねてみると、妹は、

「いなくなっちゃった……」

とだけ、搾《しぼ》り出すように答えた。

逃げた、とは言わなかった。

私の中で認めたくなかった可能性が、形を得る。

ポロがいなくなる日の覚悟なら、できていた。お母さんがいなくなったあの日から、毎日意識はしていた。

でもまさか、こんなに唐突だとは。

唐突では──なかったんだけど。

得てしまった形を崩すため、私は尋ねる。

「はぐれちゃったわけではないのね？」

「……うん。いなくなっちゃった」

私は頷く。言葉を言い換えたりはしない。

これ以上は詮索《せんさく》しないほうがよさそうだ。それにどれだけ可能性が高まろうとも、私は自分で確かめるまでは認めない。

「私、探してくる」

察することと――認めることは別だ。

「心配しないで、必ず見つけて帰ってくるよ。ご飯の用意はできてるから、先に食べてね。洗いものは、台所に置いてくれればいいから」

なかなか顔を上げない妹にそう言い残し、私は黄昏の町へと向かう準備をした。

一人になっても、不思議と恐怖は感じなかった。

あのときだって、私はずっと一人だった。

あのころから、私の隣にいたのはポロだった。そして、ポロはあの子の隣にもいてくれた。

――落ち着いて。

やるべきことをやって、ポロを見つけよう。

一歩踏みだした町は、やはり、あのときと同じように異様な気配に満ちている。

すぐに日が沈んで、道はさらに暗くなってきた。

街灯の下には、胡乱《うろん》で、もやのような影。

あのころからいて、今もいる。ずっとあの場所に立って、私のような人間を見つけたら追いかけてくる。

あのもやは、子どもの足でも逃げられるぐらいの、緩慢《かんまん》な動きしかできない。早足で歩けば、距離を保てる。

私は肌身離さず持っていたお守りを握り締め、息を止めて、もやのそばを通り抜けた。

なんとかなる、とわかってはいてもやっぱり緊張はする。

息を大きく吐き、さらに歩いてみる。とりあえずは、普段から歩いている、ポロの散歩コースから。

歩けば歩くほど空気は重くなり、体感温度は下がり、気配も増えていく。

街灯の下をさまよう影も、ひとつやふたつ――。

一人や、二人ではない。

彼らはどこにでも現れ、私のような者を探し、怒りをぶつけてくる。

きっと私たちが息をして、私たちがご飯を食べて、私たちがお昼の町も堂々と歩けるということが、どうしても許せないのだ。その怒りのすべてに向き合う余裕はない。家族以外から向けられる理不尽な感情に付き合うことができる人間なんて、そうそういないだろう。

怒りを避ければ、歩くことは難しくない。

なにも知らなかったあのときほど心細くはないけれど、それでもやっぱり、一人で夜の町を歩くのは、けっして楽しいことではなかった。

この町では、若者もお年寄りも、夜は外に出ない。田舎だからなにもないというのもあるけれど、「見える」にしろ、「見えない」にしろ、みんな、その脅威を感じとっているんだと思う。

この町には、夜を歩く人間を襲う、人でないものがいる。

それを知らない子どもだけが、うっかり外に出てしまう。

そして――夜の世界に馴染《なじ》みすぎた子どもは、いずれ、〝あれ〟に出会うのだ。

私もかつて、〝あれ〟に出会ったことがあった。

あとになって私は、クラスメイトが、〝あれ〟をこう呼んでいるのを耳にした。


よまわりさん。

夜を見張る、ナニカ。


妹には、よまわりさんと出会ってほしくない。〝あれ〟と出会ってしまえば、妹も無事ではいられない。

あの日よまわりさんと出会った時点で、私の未来も多分、決まっていた。

ひょっとして、ポロの未来も。

——お母さん。あの子だけは、巻きこまないからね。

大好きだったお母さんの笑顔を思い出しながら、私は進む。エプロン姿で、今日の私のように焼き魚を作っていた、優しいお母さん。懐かしくて、胸が締めつけられる。だけど、思い出に浸《ひた》っている時間はない。

街灯の灯《あか》りだけでは心許《こころもと》ないので、持ってきた懐中電灯のスイッチを入れる。

仄《ほの》かな——でも、心強い明るさ。

私は西の空を染めていく夜の色をにらむ。

「さあ、早くポロを探さなきゃ」

また、夜の町を歩いて回ろう。

そのことで、どれだけ自分が傷つこうとも。

夜廻《よまわり》

二章――逢魔時

逢魔時《おうまがどき》妹

「気のせい……なんかじゃ、ないよね？」

いや、きっと気のせいだ。

わたしは、呼吸を整えながら自分の見たものについて、整理していく。

お昼に町を歩いているときには、あんなものは見なかったし、いなかった。人間は人間だし、黒い影は黒い影だった。

人間のように立って、歩いて――。

わたしをにらみ、追いかけてくる影なんて、見たことがない。


そんなものは、もっとわたしが小さかったときに読んだ絵本の中で見たぐらいで――。

思い出しながら、通りがかった十字路の脇に、ふと目をやった。

後ろばかり気にしていたせいで、まわりをちゃんと見ていなかった。

——いる。


黒い影たちとも異なる、別のなにかが。

なにもないはずの道のまん中が、それに遮《さえぎ》られている。

「ひっ……」

思わず声がもれてしまった。

夜の暗がりよりさらに黒い色をした〃それ〃は、黒い影たちのように、人間に近い姿ですらなかった。

ずりずり。ずずず、ごりっ。

ずりずりずり。ごりっ。ずりずり。

黒く大きな芋虫《いもむし》か、あるいは象の鼻がそのまま動き出したような、不恰好《ぶかっこう》なナニカ。〃それ〃は大きな袋を背負っている。体から生《は》えた、無数のイカかタコに似た足が複雑に絡《から》まり、袋を握り締めながらうごめいている。

胴体の先端には、仮面のようなものが一つだけ埋まっている。白い仮面の中央を横切るように真っ直ぐ切り込みが入っているだけで、目や口のようなものはなかった。つるつるとした仮面の表面をどれだけ見つめても、相手がどこを見ているのかはわからない。

ぞわり、と肌が粟立《あわだ》つ。嘔吐《おうと》の感覚が込みあげてくる。

〝それ〟は、仮面の奥の目でわたしを見ようとしているようだ。

さらに〝それ〟は、重そうな大きな袋を引きずりながら、ゆっくりとわたしに向かってきていた。もやの人のように、ゆらゆらとした怒りは感じない。

怒りだけじゃない。〝それ〟からは、どんな感情も感じられなかった。つくりものこのようにも、生きもののようにも見えるのに、そのどれでもない。ただただ、わけがわからない。考えれば考えるほど不安がふくれあがってしまう。

わたしにはっきりと残された感情は、「恐怖」だけだった。胸がズキズキと痛み出したけど、気にする余裕なんかない。

〝それ〟を見ないように、逃げなければ。

わたしは〝それ〟から後ずさると、ぱっと背を向け、走り出す。

走りながら、わたしは思い出していた。


それは、夜の町を見回っている。

それが狙《ねら》うのは、子どもである。

それに近づいた子どもは、大きな袋に入れられて、どこかに連れていかれる。

だから子どもは、一人で夜の町を歩いてはいけない。

もしそれに狙われたら、子どもは目を合わせないようにして、すぐ家に帰らなければならない。


そんな噂が、昔からわたしの町にはあったらしい。クラスの女の子たちから教えてもらったわたしは、お姉ちゃんにそのことを話したことがある。

「そんなお化けなんかいるわけないよ」と、お姉ちゃんに言ってもらえると信じて。

でもあのとき、お姉ちゃんはとても話し辛《づら》そうに、わたしから目をそらして。

「よまわりさんのことね。大丈夫よ。いい子にしていれば、さらわれたりはしないから」

と、言ったのだ。

まるで出会ったことがあるみたいに。

今、わたしは、よまわりさんに、出会ってしまった。

――こわい。

足が、がくがくと震える。それでも一生懸命走り続ける。

どこかに連れていかれるなんて、ぜったいに嫌だ。

ぎゅっと目をつぶると、お姉ちゃんの顔が浮かんだ。

お姉ちゃんは、もしかしたら夜の町には〝あれ〟がいることを知っていて、家で待っているように言ったのかもしれない。それなのに、私は言いつけを守らずに外に出てしまった。

よまわりさんにさらわれることは怖い。でも、言いつけを破り、夜の町でよまわりさんに出会ったことをお姉ちゃんに知られることも、わたしは辛い。

お姉ちゃんはわたしを叱《しか》るとき、感情的に声を荒らげたりはしない。ただ、わたしの目を見て黙りこむ。わたしが反省するまで、わたしがどうして叱られているのか理解するまで、じっと待つ。

その沈黙と視線はなによりも重い。お姉ちゃんに叱られると、わたしはなにより悲しい気持ちになるのだった。

わたしはなにも見てない。

わたしはなににも出会ってない。

——立ち止まっている時間はないんだ。

体がそう言っていた。涙を流す暇だって、きっとない。

じりじりと迫るよまわりさんからそっと目をそらして、わたしは走り続けた。

お姉ちゃんは、「いい子にしていれば、さらわれたりはしない」と言っていた。

わたしは、いい子のはず。だから、きっと大丈夫。

今日だって、悪いことなんてしていない。

夜の町に来たのも、ポロを探しているお姉ちゃんを探しにきただけ。

遊びたかったわけじゃない。これは夜遊びじゃない。

叱られるようなことはしていない。

言い訳をいくつも用意しながら走っていたら、足がもつれそうになった。よまわりさんの気配はまだ背後に感じるけれど、少しずつ、遠ざかっているみたいだ。

十字路を曲がり、立ち止まって息を整える。

しばらく待っていても、よまわりさんの「音」は近づいてこなかった。どうやら、どこかに行ってしまったらしい。

よかった。これで叱られない。

これで、お姉ちゃんを探せる。わたしはほっと胸を撫《な》で下ろし、街灯を頼りにして先へ進む。

でも、それからすぐに「今の自分には安心できる場所なんかないんだ」と気づいた。

町は変わってしまった。

いや、変わり続けている。

お日さまが姿を隠して、家にこもったみんなの気配と入れ替わるように、「別のもの」の気配が町を異なる姿に染めあげていく。よまわりさんや、黒い影だけじゃない。ほんの少し歩いただけで、わたしはわたしの町にたくさんの「別のもの」が住んでいるのだと知ることができた。

車道の真ん中――町をパトロールするように、頭をぐるぐると回すおかしな人影。

電信柱の裏――いくつもの釘《くぎ》に刺し貫かれた頭部を抱え、苦しそうな声をあげている人影。

裏路地の途中――誰かを探し求めるように、マンホールと道路の隙間《すきま》からせり出してくる、無数の青白い手。

ひとつひとつに驚いてなんていられないのに、わたしはその都度《つど》大声をあげて逃げ出した。夜をうごめく「別のもの」たちは、どうやら生きている人間を捕まえたくて仕方ないようで、わたしの姿を見かけただけで一心不乱《いっしんふらん》に追いかけてくる。

影に、声に、腕に絡め取られそうになりながら、わたしにできることは必死に逃げることだけ。あれらに触れられたら、きっとわたしも「別のもの」に変えられて、昼の町には戻ってこられない。根拠はないけれど、そう思った。

まだ子どものわたしでも、いつかは自分が大人になることが理解できるように、生きているわたしは少し道を踏み外しただけで「別のもの」になるのだろうと、夜の町では当たり前に理解できた。

「別のもの」になってしまったら、もうお姉ちゃんやポロと会えない。

じわじわと、確実にわたしを追いつめてくる夜の闇。

わたしがもっと大人だったら――。

――わたしがもっと、おねえさんだったら。

もっと、勇気を出せるのかな。

わたしはどこか他人ごとのように首をかしげながら、町の奥へと進む。急ぎすぎると息は乱れるけど、疲れはあまり感じなかった。必死すぎて疲れることを忘れていたのかもしれない。

お姉ちゃんとポロを見つけたら、みんなで家に帰ってゆっくり眠ろう。

気配を避けながら、わたしがやってきたのは町の外れにある空き地だった。

誰かが乗り捨てた車がそのままになっていて、中学生の男の子たちがたまり場にしているらしい。女の子一人では危ないから近づかないように、とお姉ちゃんに注意されている場所だ。ポロとの散歩コースでも避けるようにしているけど、今夜は避けるわけにいかない。

はじめて足を踏み入れるそこは、雑草が伸び放題だった。わたしの家の庭とはまったく違う。ときどきわたしとお姉ちゃんで一緒に草むしりをするから、家の庭はいつもきれいで、ポロと遊ぶことだってできた。

庭が荒れている家に住むと気持ちまで荒れてしまう、とお姉ちゃんは言っていた。

自分が落ち着くために、家族が落ち着くために、庭はきれいでなければいけない。確かにそんな気はする。

この空き地にいると、心が荒れる。

こんな夜ならなおさらだ。

だからこの空き地で、お姉ちゃんの後ろ姿を見つけたわたしは、とっても複雑な気持ちになった。

お姉ちゃんは家を出たときの姿のまま、懐中電灯で廃車を照らしながら、なにかを懸命に探していた。

――なにか、じゃない。

探しているのは、ポロに決まっている。

胸がギュっと締めつけられた。

わたしはお姉ちゃんが、どれだけポロのことを愛しているか知っている。わたしが自分の名前すら発音できなかったころにポロを拾ってきたのは、お姉ちゃんだ。

いつまでも、どこまでも、納得するまでお姉ちゃんはずっとポロを探し続けるだろう。

近づいてはいけない、と言っていた空き地に、一人で来ているくらいだから。

わたしも。

「お姉ちゃん……」

わたしも――手伝わないと。

風音にかき消されそうなほど小さな声しか出なかったのに、お姉ちゃんは弾《はじ》かれたように振り向いた。

「きゃっ!?」

かん高い声をあげて、懐中電灯を持ち直したお姉ちゃんは、まぶしくて光から目を背けるわたしを見て、ほっと胸を撫で下ろす。

「ああ……来ちゃったの？」

いつもの、穏《おだ》やかなお姉ちゃんの声だ。

「お姉ちゃん……ポロは？」

わたしが呟《つぶや》くと、お姉ちゃんは困ったような微笑みを浮かべる。

「うん……ごめんね。まだ見つからないの。きっと見つけて帰るから、家で待っててくれる？」

「……やだ。一緒に帰ろう」

一緒に探す、と言うつもりだったのに、わたしはそう言っていた。お姉ちゃんはやっぱり困ったように視線を空にさまよわせたけど、やがて、もう一度わたしの目を見て繰り返した。

「でも……ポロが見つかってないでしょう？　大丈夫。家の中にいれば、なにも怖いことは……」

お姉ちゃんは、途中で言葉を飲みこんだ。その視線が——懐中電灯の光が、わたしの背後を照らす。

なんだろう？

振り返ろうとしたわたしの視線を遮るように、お姉ちゃんが懐中電灯をぱっと下に向けた。

光は、わたしの足下を照らしている。

——ああ、なにかがわたしの後ろにいるんだ。

わたしはすぐに察した。

おなかの下の方が、ひんやりとする。寒気がするのに、汗がふき出す。

怖くてがたがたと震えはじめたわたしを、お姉ちゃんは慎重《しんちょう》に手招きする。

「そっちを見ちゃダメよ。それを——そこにいるものを、絶対に見ちゃダメ」

お姉ちゃんの声は震えていた。

わたしは頷いて、お姉ちゃんのほうへ足を進める。怖いのに、どうしても後ろが気になる。

恐怖よりも、お姉ちゃんの真面目な声よりも、そのときのわたしは、好奇心と戦うので必死だったかもしれない。

お姉ちゃんはわたしの肩をぐいと摑むと、新しい洋服をタンスにしまうようなていねいな仕種《しぐさ》で、わたしを近くの茂みに隠した。

「いい？　しばらくここに隠れてて。顔を隠して、なにが現れても、なにが聞こえても、出てきちゃダメ。なにも聞こえなくなったらゆっくり辺りを見回して、なにも気配を感じないようだったら、まっすぐに家に向かうの」

――わかった？

お姉ちゃんは切実な声で告げるけど、わたしは一緒に帰りたかった。

「お姉ちゃんは？　お姉ちゃんも帰ろうよ。ポロなら――」

ポロならきっと、自分で帰ってくるから。

戻ってくるから。

わたしは両手で顔を覆い、くぐもった声で訴えたけど、お姉ちゃんが頷く気配はなかった。

「なにも心配しなくていいから。大丈夫だからね」

大丈夫、と繰り返すお姉ちゃんに逆らうわけにもいかず、わたしは茂みの中で一人、息を殺した。

お姉ちゃんは懐中電灯を右に左に振っているようだ。指の隙間から漏れてくる光が、閉じられたままのわたしのまぶたを震わせる。

やがて、懐中電灯の動きが止まって――〝それ〟の気配が、動いた。

重く低い、呻《うな》り声のようなものが、周りを歩き回っている。夜の町に蠢《うごめ》く別のナニカと、お姉ちゃんが対峙《たいじ》している。

お姉ちゃんの足音は聞こえないけど、別のナニカはうろつきながらこちらに近づいてくる。

それはずるずると、大きな体の一部を引きずるような――。

――ああ。

つまり、そうなんだ。

わたしの背後にいたのは、黒い影や釘の刺さった影とは違う、お姉ちゃんが「出会ってはいけない」と言っていた、あれなんだ。

お姉ちゃんは、出会ってはいけないものと、今、わたしの代わりに向き合っているんだ。

「……だけは……」

かすれた、お姉ちゃんの声が聞こえる。

「この子だけは、見逃してあげて。お願い……わたしは、どうなってもいいから」

これまで聞いたことないくらい辛そうな声で、お姉ちゃんは語りかけ続けた。

お姉ちゃんが、あれに——。

よまわりさんに、さらわれてしまう。

だめ。それだけは、だめだ。お姉ちゃんを失ってしまったら、もうわたしには——。


——だめ、なのに。

わたしは顔を上げられない。

お姉ちゃんを助けなくちゃと思うのに、自分の手のひらは顔にぴったりくっついたまま、動かない。なにも、できない。

ばたばたと、なにかを無理矢理しまいこむような物音が聞こえた。

暴れている。誰かが暴れている。誰かがもがいている。誰かが耐えている。誰かが苦しんでいる。

わたしはようやく顔から離れた手で、今度は耳を塞《ふさ》いだ。

だって、お姉ちゃんがそうしろと言ったから。

お姉ちゃんの言いつけさえ守れば——この先、心配なんていらないはず。

そして、しばらく時間が経った。

「もう、大丈夫かな……」

耳から手を離しても、物音は聞こえなかった。異様な気配も感じない。

わたしはそっと、茂みから顔を出す。

「お姉ちゃん？」

返事はない。そこには誰もいない。

お姉ちゃんが立っていたはずの場所には、懐中電灯がとり残されたように、落ちていた。

逢魔時《おうまがどき》　姉

夜をさまよう彼らは、以前よりも慎重に見えた。

あるいは大きくなった私が、彼らとの距離感を覚えたのかもしれない。

かつての弱く小さかった私は、彼らにとって格好の獲物《えもの》だったことだろう。あのころの私が彼らから逃れられたのはただの幸運だったけど、今の私には知恵も道具もある。

ポロと過ごしたこの数年が、あのころよりも私を――。

――私と他人との境を、強固にしたのだと思う。

張り詰めた心を保ったまま、私は手元の仄かな灯りを頼って、普段は絶対に近づかないようにしている空き地までやってきた。伸び放題の雑草を見ると気持ちがざわつく、というのもあるけど、主人を待つペットみたいな廃車がなんだか可哀想《かわいそう》。

ポロが似たような状況に置かれていたら、と想像するだけでも辛かったので意識的に避けていた。

ポロをもう一度拾えるのであれば、ここも候補に入る気がした。

――もう一度、拾う。

それこそあり得ない。

森に落とした落ち葉を探すようなものだ。

だけど、徹底して探さないと自分は納得できそうにない。

簡単に諦められるほど、ポロは軽い存在じゃない。

空き地には幸い、彼らの気配は感じられなかった。さみしそうな虫の鳴き声と、草を踏む私の足音が響くのみで、静かなものだ。

懐中電灯の丸い光で辺りを照らす。光に反応するのも、また虫だけだった。残念ながらポロの気配も感じない。私に気づいたら、ポロのほうから近寄ってきてくれるはずだ。別の場所を探そうかと悩んでいたら。

ガサリ、と背後から物音がした。

なにかが――。

――誰かが、そこにいる。

完全に油断していた。

今から隠れる余裕があるだろうか。隠れてやり過ごせる相手だろうか。私は一瞬で様々な可能性を考える。

「お姉ちゃん……」

「きゃっ⁉」

　ぞわっと一気に鳥肌が立って、すぐに治まった。

　反射的に振り返って懐中電灯を向けた相手は、家で待つように言ったはずの、妹だった。これはさすがに予想していなかった。

「ああ……来ちゃったの？」

　つとめて穏やかに語りかけた私に、

「お姉ちゃん……ポロは？」

　妹が聞いてくる。

　それを知りたくて、ここまで一人でやってきたの？

　私を探して町を歩いたのであれば、妹も彼らの存在を感じたはず。

　見えていないのであればいいけれど、見えて、触れて、触れられるのであれば、妹も無事ではいられない。

　私は一言、ポロを見つけられていないことを謝って。

「まだ見つからないの。きっと見つけて帰るから、家で待っててくれる？」

　と、言い聞かせようとした。

　しかし妹は、

「……やだ。一緒に帰ろう」

そう言って、帰ろうとしなかった。

妹は夜の町に起きている異変に気づいてしまったのかもしれない。妹の言葉で私は勘《かん》づいた。

――だったら、なおさら。

言葉を選んで、なんとか妹だけを家に帰さなきゃ。

そう考えた私は、再び鳥肌が立つ感覚に襲われた。

空気が変わった。

匂いが変わり、温度が変わった。変わったことはわかるけど、その違いを言葉にできない。

空き地に、もう一つの気配が侵入している。その気配がこちらに、じりじりと近づいてくる。大きな袋を下げた〝あれ〟が。

妹の後ろに、よまわりさんがいる。

「そっちを見ちゃダメよ。それを――そこにいるものを、絶対に見ちゃダメ」

私は妹に告げた。

怪訝《けげん》そうな顔でこちらを見つめていた妹の表情が、次第に陰っていく。

不安が伝わってしまっている。冷静に考えさせる時間を与えてはいけない。

「いい？　しばらくここに隠れてて。顔を隠して、なにが現れても、なにが聞こえても、出てきちゃダメ。なにも聞こえなくなったらゆっくり辺りを見回して、なにも気配を感じないようだったら、まっすぐに家に向かうの。わかった？」

私は妹を近くの茂みに押しこみながら、まくしたてる。妹は困惑しながらも、茂みの中で顔を塞いでくれた。

ひと呼吸置いて、それと対峙する。あのころと変わらず、不気味なそれが少しずつ近づいてくる。

よまわりさん、と私が呼んだ。

町の子どもたちも、まだそう呼んでいるんだろうか。

噂がいつからあるのかは知らないが、私が聞いたときはすでにその名前だった。あのときも、気づいたら目の前にいたんだっけ。

私はなんだか、旧友と再会したときのような印象を抱いてしまった。あんなに恐ろしい目に遭《あ》ったというのに、よまわりさんと対峙している私は落ち着いている。

妹を守るための虚勢《きょせい》もあるけれど、それだけではない。自分がよまわりさんと会う分には、それほど問題はないから。

——問題は、出会ったあとのことだから。

じりじりと、よまわりさんが迫りくる。

「……妹だけは」

かつても対話なんてできなかった相手に、私は懇願《こんがん》する。

「この子だけは、見逃してあげて。お願い……わたしは、どうなってもいいから」

フィクションめいた、リアリティのない言葉で。

まるで作りものみたいなよまわりさんの前では、私も普通でいられない。

だけど私の言葉が通じた感触はなかった。

そもそも相手には、知性があるのかどうかもわからない。

通じないのなら、追い払うしかない。

焦った私は、懐中電灯をよまわりさんに──向けられなかった。

私が手を動かすよりも先に、私の視界は闇に包まれた。

夜廻《よまわり》

三章――宵の口

宵の口《よいのくち》 妹

お姉ちゃんは、わたしの後ろに現れたよまわりさんと一緒に、いなくなった。

よまわりさんの姿は見えなかったけれど、わたしはそう考えた。

落ちていた懐中電灯を拾って辺りを照らし、小声でお姉ちゃんを呼ぶ。夜風に木々が揺れる音だけが、むなしくこだまする。

よまわりさんは子どもをさらう、と聞いている。

わたしから見たお姉ちゃんはもう充分に立派でかっこいい大人だったけど、よまわりさんにはまだまだ小さくて弱々しい、子どもに見えたのかもしれない。

一人でポロを探すお姉ちゃんは、親に黙って夜遊びをしている子どもだと思われたのかもしれない。

もしそうなら、わたしはお姉ちゃんの無罪を、よまわりさんに訴えなければいけないと思う。

――お姉ちゃんは、悪い子どもなんかじゃないんです。

――わたしの家にはお母さんがいません。

――お父さんはお仕事でほとんど帰ってきません。

――わたしたちの家には、親がいないんです。

――だから、お姉ちゃんは、もう大人なんです。

受け入れてもらえるかはわからないけれど、よまわりさんがさらう対象が本当に子どもだけなら、お姉ちゃんがいかに大人なのかを主張すれば、どうにかなるかもしれない。

まだぬくもりの残る懐中電灯を握り締めて、わたしは空き地を出た。

ほんの少しの灯りだけど、家を出たときの真《ま》っ暗《くら》な心細さに比べれば、ずっと気が楽になった。でもそれはつまり、今のお姉ちゃんには少しの灯りすら残されていないことも意味するわけで。わたしはお姉ちゃんから、また奪ってしまった。

――この灯りだけでも、返さなきゃ。

わたしは痛む胸を片手で押さえ、早足で歩く。

道路に、自分の足音が響く。

音が多いことに気づいたのは、すぐだった。

――他にも足音がある。

足がすくんだわたしは、無視してそのまま歩けばいいのに、つい立ち止まってしまった。誰もいない。いないのに、複数の足音だけが横から近づいてくる。

薄暗闇の足音に、わたしは懐中電灯を向ける。足音に重なり、それは突然現れた。

「……っ‼」

声にならない叫びをあげたと同時に、鼓動《こどう》が激しく脈打った。

それは、複数の誰かの足音——ではなかった。

たった一つの、複数の足音。

自分でもなにを言っているのかわからないけれど、だってそうとしか形容できない。

道路を塞ぐほど大きなそれは、髪の毛か木の根が無数に絡まったような見た目で、節のついた真っ赤で細い足が放射状にいくつも生えていた。

——大きな蜘蛛《くも》みたい。

わたしはそう思ったけど、蜘蛛と違うのは、それが表情を持っていたことだ。

そこが背中なのか、それとも巨大な顔に足が生えた、と考えるべきなのか。

体全体で、その顔は空を見上げている。左右で違う大きさの瞳には生気がなく、裂け目のように開かれた口の中には奇妙なまでに真っ白で、きれいに生え揃《そろ》った歯が並んでいた。

その巨体を名づけるなら、「道ふさぎ」、だろうか。

懐中電灯の光に反応して、現れたのかもしれない。あるいは、わたしに見られることを待っていたのかもしれない。

あまりにも異様な姿に対する嫌悪感で震えていたわたしは、早まった「道ふさぎ」の足音への反応が遅れてしまった。

目の前に、真っ赤な足が迫っている。生きものとはとても思えないのに、血が通っているように真っ赤な足が――。

わたしを、踏み潰そうとしている。

わたしは悲鳴を飲みこんで身を翻《ひるがえ》し、走った。「道ふさぎ」はその大きさからは想像もつかないようなスピードで、わたしを追いかけてくる。

カツカツと音を立ててわたしを追いかけてくる。

――捕まれば、わたしもあの足の一つにされるのかな。

嫌なイメージがわたしの逃げ足を早める。

死にものぐるいで別の道に出ると、「道ふさぎ」の気配はそこで消えた。

破裂しそうな自分の心臓の音が相手の足音をかき消しているのかと思ったけど、懐中電灯の灯りを当てても、もう姿は見えない。圧迫感もない。

「道ふさぎ」は、一つの道しか塞げないのかもしれない。

あんなに大きくて、あんなに大勢なのに、夜しか移動できず、道を塞ぐことしかできず——人を襲うだけ。

自分がそんなものになって日々を過ごすことになるのかと思うと、ぞっとした。

そして、切なかった。


さっきの「道ふさぎ」のようなものが、まだまだ夜の町には溢《あふ》れているみたい。

T字路の角に立つ電柱に絡みついている、一つ目のトカゲのようなもの。

がぶがぶ噛《か》もうとしてくる、人の頭ぐらいの黒い塊。

道端でうずくまっている、胡乱で黒い影。

ものすごい勢いで車道を走り回る、首のない馬。

夜の町には、たくさんのナニカの姿があって常に発見がある。どこかコッケイにも見えるけれど、それでも恐ろしい存在であることに変わりはない。出くわすたびに、わたしの心臓はどきどきと大きな音をたて、息が止まりそうになる。

それに懐中電灯は便利だけど、ナニカたちは人が作り出した光にビンカン。歩いているだけで、気づかれることも多い。光がなければ気づかずにやりすごせただろうナニカに、気を取られることも増えた。ナニカたちにとって、光なんて邪魔で、妬《ねた》ましいだけのものなのかもしれないな、とわたしは思った。ナニカたちも、静かに安らかに眠っていたいなら、まぶしい光なんていらない。ナニカたちも、静かにしていられる。

だけどわたしは、お姉ちゃんとポロを見つけなければいけない。見なくてもいいものを見てでも、やっぱりお姉ちゃんに会いたい。

さみしさと申し訳なさでいっぱいになりながら歩いていたわたしは、視界の端に信じられないものを見つけた。

それは、愛くるしく丸まった――。

「ポロ⁉」

犬の尻尾と、後ろ脚だった。

顔は見えないけど、ポロだと思った。

――きっと、ポロだ。

山道で見失ったはずのポロが、夜の町を――わたしの光を避けて、どこかに走り去っていく。

「ポロ、待って！　わたしだよ！　逃げなくていいんだよ！」

わたしは必死に叫んだけど、尻尾はどんどん遠ざかり、向こうにある角を曲がっていった。

――どうして？

どうして逃げるの？

ポロはわたしから逃げたことなんて一度もないのに。

わたしはポロが逃げる訳を知りたくて、消えた尻尾を追いかけた。

駆けぬけて、角を曲がる。

似たような路地に出た。懐中電灯を振り回して辺りを照らしたけれど、近くにポロの姿は見えない。

鳴き声や息遣いは聞こえないか。わたしは、耳をすます。

周囲は、どこまでも静かだった。

わたしはさっきの「道ふさぎ」のことも忘れて、足を速める。

また、視界の端にちらり、と丸い尻尾が見えた。今まで気配一つなかったポロの尻尾が、わたしの歩く先、十字路を右に曲がる。

「ポロ、行かないで！」

すがるように叫び、追いかけ、わたしも十字路を曲がる。

車道沿いの、広い歩道に出た。車の通りが多いから、気をつけて歩くようにとお姉ちゃんに言われている道だ。でもここは学区指定の通学路で、特定の時間は交通量が制限されている。今も車はまったく通らない。

ふと見ると、車道の真ん中には頭を振り回す人影。他の場所でも見かけたあれが、一定の間隔で並んでいる。歩道にはまっ黒な影や、頭に釘の刺さった影もたくさんいた。

小学生の通学路が、夜になるとここまで別のものだらけになっているなんて。こんな光景を見たら、怖くて学校を休む生徒が増えて、ガッキュウヘイサになってしまうだろう。

わたしは影におびえながら、ポロの姿を追う。

ポロはこちらに尻尾を向けたまま、もやや人影の隙間をぬうように走っていく。その先にあるのは、小学校の校門だ。

嫌な気配が溢れる、夜の小学校。放課後少し帰るのが遅くなると、茜《あかね》色の強い光と、濃い影に包まれた別世界になってしまう場所。

わたしはまさか、と思いつつも追いかける。この時間の学校に入るのは、夜の空き地に侵入する以上に気が引けた。

校門の前に辿《たど》り着くが、当然のように校門は固く閉じられていた。鉄の格子で仕切られた門の隙間は、クラスでも小さなほうであるわたしにも通り抜けられない。

その先に――わたしの、すぐ鼻先に。

ポロの丸いお尻があった。
「ポロぉっ！」
格子の隙間から、わたしはお尻に向けて手を伸ばした。
いつものポロなら。
わたしの家族であるポロなら、わたしの声に、指に、反応してくれるはずだ。
なのに。
ポロは、わたしのほうを振り返ろうともせず、校舎のほうへと走り去ってしまう。
――ポロ、どうして無視するの？
怒ってるの？
わたしを恨んでいるの？　わたしを嫌いになっちゃったの？
だったら、謝るから。
いつもよりおいしいご飯も用意するから。お散歩の時間も増やすから。
――わたし、いい子にするから。
「ポロ、置いていかないで……」
格子を握り締めながら、わたしは訴える。
表はこちら側だけど、まるでわたしのほうが重い罪を犯して、牢屋《ろうや》の中に入れられたみたいな気分だった。

しばらく呆然《ぼうぜん》としていたけど、結局諦めきれず、わたしは校舎の周りをうろつくことにした。

そもそも、ポロはどうやって校門から中に入ったんだろう？

この格子は、ポロが通るのにも狭すぎるように見える。

どこかのフェンスの上から忍びこんだ？

いや、それは考えにくいと思う。

学校のフェンスはかなり高いし、ポロは普通の犬だ。そんな、ショーに出る犬みたいな大ジャンプはできない。

——どこかに別の入り口があるのかも。

そう考えて、わたしは恐る恐る校舎の裏手に回る。

そこには藪《やぶ》に覆われた、小さな裏山があった。近所の子どもたちの遊び場なんだろうか、壊れたロボットやおもちゃが散乱していた。

廃車のあった空き地といい、この町の子どもたちは表で堂々と遊べばいいのに、こういう町と道の挟間《はざま》みたいなところに引き寄せられてしまうようだ。わたしがいつも、引き寄せられるように山へ散歩に出かけていたみたいに。

懐中電灯で辺りを照らしていると、なにやら掲示板のようなものを見つけた。

これが一つあるだけで、青空教室にいるような雰囲気《ふんいき》になるのかも。散歩コース以外はよく知らないわたしだけど、こんな秘密の遊び場があれば確かにわくわくはする。

——わくわくしている場合じゃないか。手がかりを探さないと。わたしは掲示板に灯りを当てて、よく観察してみた。そこには、このようなことが書かれていた。

『がっこうのよこにあるおじぞうさん
そのそばのせのひくい　きのしたに　ぬけあながかくれてる
とおったあとは　はっぱであなをかくすこと』

ここに集まる子どもが共有する秘密の抜け道、それに関してのルールみたいだ。この文章を信じるのであれば、学校の近くに抜け穴があるらしい。元からあるのか、子どもたちがどうにかして作ったのかは知らないけれど、今のわたしにはこれだけの情報で充分。

わたしは顔も知らない子どもたちに深く感謝し、「ありがとう」と呟いてその場をあとにした。

——お供《そな》えは、いざというときのために、ウサギのポシェットに入れておいた10円玉でいいのかな。

掲示板に書かれていた通り、校門の横、フェンスの脇にお地蔵さんがあった。日ごろは意識しないけれど、この町には他にもいくつかお地蔵さんがあるみたい。わたしはずっとこの町で生まれ育ったからこれが普通だけど、他の町だとそこまでたくさんのお地蔵さんはない、と学校の先生に聞いたことがある。理由までは先生もよく知らないようだった。

ただ、昔はこの町に住む人たちも信心深かったんだよ、と言っていた。

——昔は信心深かった。

じゃあ、今はどうなんだろう。

お姉ちゃんは商店街にある神社にはよくお詣《まい》りにいくけど、普段神様やお地蔵さんの話なんてしない。

これって信心深いことになるのかな。

そんなことを思いながら、わたしはお地蔵さんに10円玉をお供えして手を合わせる。それから、お地蔵さんのそばにある藪に光を当てた。見ると一本だけ、他の木よりも小さな木がある。まだ若いのかやせ細ってしまったのかはわからないけれど、これがきっと「せのひくいき」だ。根元には、大量の葉っぱ。わたしは周囲に気を配りながら、そっとその葉っぱを手で避《よ》けた。

穴がある。

木の後ろにあるフェンスがこじ開けられ、人が通れる穴ができていた。直径は小さくて、わたしの体よりも一回り大きい程度。子どもがギリギリ通れる程度の、鼠《ねずみ》の通り道のような抜け穴だった。

子どもたちは、ここを使って学校に忍びこんでいたんだろう。なんのためかは、知らない。

みんななにかを——。

大切ななにかを、夜の町のどこかに求めて、探していたのかもしれない。

わたしも、越えてはいけない境をくぐることに決めた。


「よいしょっと……」

服についた土を払いながら頭を出すと、そこは校庭。

プールに入るための扉や、ひっそりと息をするように植木鉢が並ぶ。

歩いていると、チャイムの音が聞こえた。いつも聞いているものとは微妙に違った、歪んだ音が響き渡っている。こんな時間まで授業をしているわけがないのに。

空耳じゃないのだとしたら、わたしの足を止めるために誰かが鳴らしているのかもしれない。一瞬すくんでしまったけど、勇気を出して進む。

しばらく進んでいたら、懐中電灯の灯りが地面に落ちているなにかを照らし出した。息が止まる。

あれは——靴だ。

見覚えのある靴が、かたっぽだけ落ちている。見間違いでなければ、あれはお姉ちゃんの靴だった。

どうして空き地で消えたお姉ちゃんの靴が、ここに？

もしかして、お姉ちゃんとポロが一緒にいるのかも。

お姉ちゃんがポロを——あるいは、ポロがお姉ちゃんを見つけたのかも。

一緒にナニカから逃げて、靴が脱げ落ちたのかも。

だとしたら、合流してみんなで家に帰ればいい。

——もうすぐ帰れるんだ。

希望に胸躍《おど》るわたしの心が折れたのは、次の瞬間だった。

「わん！」

背後から、鳴き声が聞こえた。はっと振り返ったわたしを見上げているのは。

——犬だ。

犬だけど、ポロじゃなかった。

わたしは愛くるしい尻尾だけを見て、その犬をポロだと思いこんでしまっていたのだ。せっかくここまで追いかけてきたのに、という落胆よりも先に、わたしは総《そう》毛立《けだ》った。

ポロじゃないそれは、こちらの世界の犬じゃなかった。

犬だけど、犬じゃない。

なぜって——その犬の顔は、だらしなくゆるんだ、人間の顔だったから。

近所に住んでいるおじさんの顔に少し似ているような、そうでもないような、どこにでもいる人間の大きな顔が、犬の胴体を動かしていた。

「わんっ！」

吠え立てる声は犬そのものなのに、顔は人間。わたしは混乱する。

人顔の犬は、落ちていたお姉ちゃんの靴を宝物のようにくわえ、目を剝《む》いてこちらに向かってきた。懐《なつ》いているようには見えず、鳴き声にも向かってくる勢いにも、敵意を感じる。

身の危険を感じたわたしは、お姉ちゃんの靴のことも忘れて逃げ出した。

わんわん吠えながら、犬は追いかけてくる。

ハアハアと荒々しい息が背中にかかる。

生あたたかい。

犬っぽくない。

知らないおじさんが意味もなく追いかけてくるような感じがして、わたしは振り返ることもできなかった。

——ポロならいいのに。

ポロにだったら、追いかけられて、噛まれたっていいのに。

ポロの甘噛みはとっても優しくて、とても頼もしくて。

記憶にないお母さんに抱き締めてもらえたら、こんな感じなんだろうなって——安心できるのに。

わたしは校庭の端まで走って、そこにあった茂みに突っこんだ。両手で頭を抱えて、自分だけの世界で、じっと待つ。荒い息がぐるぐるとわたしの周囲を動き回っている。

しばらく経つと、辺りが静かになった。そっと顔を出すと、犬はいない。

——怒ってたのかな?

靴を取られそうになって。

どうやってお姉ちゃんの靴を見つけたのかは知らないけれど、ポロがときどき捨てられたおもちゃをくわえて帰ってきて誰かに見せたがるように、あの犬は人間の靴を拾って、誰かに見せたかったのかな。

あの顔は、あの犬が大切に思っている誰かの顔だったのかな。

そう思ったら、あの犬を不気味に思ってしまった自分が、なんだか悪い子のような気がした。

なにも見えない。

ここが夢か現実かどうかも、すぐにはわからなかった。

現実だとわかったのは、お腹が減っていることを自覚できたからだ。

そういえば夕飯を食べずに出てきてしまったな、あの子はちゃんと食べたかな、とそんなことをぼんやりと考えてから、私はようやく自分があれと出会ったことを思い出した。

――私は、また、よまわりさんにさらわれてしまったんだ。

決定的な瞬間は覚えていないけれど、そうに違いない。

最後に私が見たあの形容しがたい異様なものは、私がかつて目《ま》の当《あ》たりにして、心底震えあがったよまわりさんだ。

あのときも、よまわりさんと対峙した私は気を失い、今のように真っ暗などこかに置き去りにされたのだった。なにが起こったのかもわからず、恐怖に飲まれた私はお母さんを呼び続けながら逃げ惑《まど》った。

あのころの私はバカだったな、と思う。

いや、今もたいして変わっていないのかも。こうしてさらわれて、また同じような目に遭っているのだから。

それでも、それでいい。

さらわれたのが私で、巻きこまれたのが妹でさえなければ、最悪の事態は防げる。

自分がよまわりさんの気を引いていられる間は、よまわりさんのことでは妹を巻きこまずにすむだろう。

ただ、こうしてよまわりさんが現れた以上、事態は恐らく、私や妹だけの問題ではなくなっている。

ポロのことを妹から聞いた時点でそれを予感していたけれど、残念ながら、予感は確信に変わってしまった。

境界を越えてしまった『彼ら』は町に溢れて、妹の目にも触れられるものとなり、妹の命を危険に晒《さら》している。

『彼ら』とか『ナニカ』とか、名前が決まっていないし形も決まっていないので説明が難しいけど、とにかく本来であれば私たちとは交わらないところに存在する、彼ら。

彼らは、自分たちを見ることができる人間を求める一方で、妬んでいる。

自分たちと同じ場所に引きずりこみたいと、願っている。彼らに捕まってしまったら、普通の人間は逃げられない。

視界に入った者は、彼らにとっては全員が獲物だ。

私は、あの日から肌身離さず持っているお守りを、強く握り締める。薄い皮膜《ひまく》のような安心感が、私の心を覆っていく。

懐中電灯を失ってしまったのが痛い。ポケットをまさぐってみたけど、持っていたのはメモ帳だけだった。

お守りを握る手に、無意識に力がこもる。

ポロがいない今、私のすがれるものはこれだけだ。ずっと昔に商店街にある神社でお母さんに買ってもらったこのお守りだけを頼りに、私は自分を奮《ふる》い立たせ、前を向く。

どちらが前なのか、前に進めばよいのか、なにもわからないけれど。

お守りを握るのとは逆の手を、そっと前に伸ばす。すると、冷たく硬いなにかに触れた。

数年前、よまわりさんにさらわれたときと同じなら、ここは「あの場所」に置かれたコンテナの中ということになる。逆側に伸ばして数歩歩くと、こちらもやはり同じような金属に触れ、予想は確信に変わった。

暗闇に目を慣らしながら狭い空間を歩き回ると、一筋の光が差しこんでいるのに気づく。恐らく、あれがこのコンテナの出入り口だろう。

夜に潜《ひそ》む彼らが、いつどこからやってくるのかもわからない。

慎重に隙間から外を覗《のぞ》くが、幸い、なにかがいる気配はなかった。鈍《にぶ》い音をたてながらコンテナの扉を開け、素早く外に這《は》い出した。

やはり、「あの場所」だった。時折雲から顔を出す月明かりのおかげで、コンテナの中よりは明るいが、懐中電灯がないと数メートル先も見通すことができない。

こんな暗い中を歩き、あの子が空き地までやってきたときは、本当に肝《きも》を冷やした。

妹の笑顔を思い浮かべていたら、そこで私は自分が靴を履いていないことに気づいた。

妙に足の裏がひんやりとすると思ったら、靴下しか履いてなかったなんて。よまわりさんに運ばれている間に、落ちてしまったんだろうか。

困ったなとは思うが、それ以上の感情はわいてこない。

私は妙に、落ち着いてしまっている。

妹のことを考えすぎて、自分も含めて他のことがおざなりになってしまってい
た。
——私って、こんなに妹想いだったんだ。
クラスメイトにもたまに「お母さんっぽい」と言われているし、気をつけないと
母親面《づら》で早く老けてしまいそうだ。
今は落ち着いているうちに、なんとかここから出て——よまわりさんを引きつけ
て、どこか遠くに行こう。
あの子が諦めて家に帰るくらい、遠くへ。
一人で待ち続けるのは不安かもしれないけれど、あの子が夜の町をさまよったと
ころで、いいことなんてなにもない。私がお母さんを探したときだって、そうだっ
た。偶然ポロを拾ったこと以外、失う一方だった。
あの日から今まで、女の子らしい青春なんて縁がない。家事に追われて、友だち
と一緒に遠出する余裕もない。流行《はや》りの恋愛映画を観に行くクラスメイトたちを横
目に、夕飯のおかずを気にするのが私の日常。
憧《あこが》れの彼にヒロインがどのように想いを伝えるのかよりも、悪くなりかけたニ
ンジンをどう調理して、妹の口に運ばせるかのほうが重要。
妹は、可愛い。

自慢できる子に育っていると思う。だから今さら取り戻したいとは思わないけど、別の人生を生きている自分を夢想することはある。

――あの日、お母さんがいなくならなかったら。

あの日、買い物に出かけたお母さんが、どこかに連れていかれなかったら。

お母さんがいて、お父さんがいて、まだ言葉も話せない妹もいる、平和な食卓があったのかもしれない。

諦めてはいるけれど、憎らしくはなる。

なにがって、お母さんを取り戻せなかった自分自身のことが、だ。

今でもはっきりと思い出せる、あの日の光景。

私は必死に手を伸ばし、お母さんの手を握ろうとする。

あちら側へ引きずられていくお母さんの手が、何度も宙を掻《か》く。

どんなに頑張っても、私とお母さんの距離は、縮まらない。何者かの無数の腕が、無数の手が、お母さんの体を掴み、力任せに引っ張っている。私の視界からお母さんが見えなくなり、私を呼んでいるお母さんの声も小さくなっていく。くぐもった声がざわめき、風に混じって私の耳を惑わせる。

最後にお母さんは、恐怖に怯《おび》え歪んだ表情で、震える唇《くちびる》でなにか言葉を紡いだ。

お母さんは、闇に潜む『彼ら』に自分を捧《ささ》げる覚悟で、私を救った。

あのとき、もっと早く私がお母さんを見つけられていたら、お母さんにそんな決意をさせずにすんだ。でも、あの状況であんな結末を予想して先を急ぐなんて、私には無理だった。

――だから私は、あの日の分も歩かなくてはならない。

今度は私が、妹を守る。たとえ、傷だらけになっても。

少しでも、光が見えるその先へ。

夜廻《よまわり》

四章――闇夜

「ごめんなさい。この靴はたいせつなものだから、返してもらうね」

わたしはひとこと謝って、人の顔を持つ犬が落とした靴を返してもらった。

普通に取り戻そうとするとすぐに気づかれて追いかけられてしまうので、気をそらすのにとても苦労したけれど。

水を抜いたプールの奥底を歩いているときに見つけた、ぬれた骨を置いてみたら、犬は嬉しそうにそれをくわえてどこかに行ってしまった。

これでひと安心だけど、ぬめぬめとして生臭い、プールの底を歩いた時のたとえようのない気持ち悪さは、とうぶん忘れられそうにない。

そもそも、あの骨はなんの骨だったんだろう。

どうして学校のプールに、骨が落ちていたんだろう。

それもあの骨は、排水口に引っかかっていた。どんなことが起こったらあんな場所に骨が引っかかるのか、それを想像したらとても気分が悪くなってしまった。

きっと夜の世界には、いくら考えてもわからないことがたくさんあるんだと思う。

わたしは靴を持って学校から出た。学校の中はくまなく探してみたけれど、本物のポロも、お姉ちゃんも見つからなかった。あそこにはもう、手がかりはない。裸足《はだし》のお姉ちゃんは、どこにいるんだろう。懐中電灯はわたしが持っているし、足下が見えなくて、ガラスでも踏んでしまったら大変だ。早く見つけて、靴を履いてもらって——ポロを見つけて、帰らないと。

散歩コースのひとつである公園にも立ち寄ってみたけど、お姉ちゃんの姿はない。ひとりでに跳ねているボールに、ゆらゆら浮いているダルマがわたしを見つめてくるだけで、ポロがいる気配もなかった。砂場もすべり台も大好きな遊び場なのに、今は近づくのも怖い。

砂の中からなにかが出てきたら。

すべり台の上からなにかが落ちてきたら。

たくさんある公園の遊具が、今は全部、わたしが来るのをお腹をすかせて待ち構える怖い生きものに見えた。

――どうしよう。

どこにいけばいいの？

どこにいけばお姉ちゃんとポロに会えるの？

わたしは途方に暮れた。この町の広さは、わたしにとって世界の広さと同じ。世界のすべてを歩ける自信はない。一度家に帰ってみようかな。お姉ちゃんもポロも、わたしの帰りを待ちながら晩ご飯をすませているかもしれないし。

そう考えて家の近くまで来てみたけれど、灯《つ》りが点いていなかった。

まだ帰ってないのかな。

それともお姉ちゃん、わたしのことなんて忘れて寝ちゃったのかな。

どっちにしても――かなしいな。

――ダメだ。

後ろ向きになってしまうと、疲れていることを思い出して、いっそう足が重くなる。

遊びに行ったことのある場所で、まだ様子を見にいってない場所はあったっけ。

どこかに隠れているのではないかと思ったけど、案外、開けた場所にいるのかも。

まだ様子を見にいっていない、開けた空間――田んぼはどうだろう。あっちであれば、たまにポロを連れて散歩している。

田んぼが広がる方向に向かって歩いていくと、道路を首のない馬が駆けていくところに出くわした。頭がなくて、前も見えないのに、あんなに急いでどこに向かうんだろうか。

もしかしたら。

どこに行ったらいいのか、わからなくて焦っているのかも。

わたしだって頭はあるけど、同じような状況だ。どこに向かったらいいのか、どこに向かうのが正しいのか、わからないまま夜の町をずっと歩き回っている。気持ちばかり焦って、どんどん歩くスピードが速くなっていく。

あんまり急いで進むと、曲がり角で夜のナニカたち――お化けにぶつかってしまうかもしれない。

急いで、でも、落ち着いて歩けたら一番いいのだけど。

そんなことをあれこれ悩みながら歩き続けていたわたしの耳に、ふと遠くから、金属を叩くような音が聞こえてきた。

かん、かん、かん、かん。

音は鳴り止まない。イヤな予感はするけど、せっぱつまっていたわたしには、音の原因を調べにいく以外の選択肢がなかった。

かん、かん、かん、かん。

音に近づいていく。

音がお腹に響いてくる。ぐるぐるとお腹の中をかき回されるみたいだ。吐きそうなのをガマンしながら歩くと、見えてきたのは踏み切りだった。

かんかんという音は、踏み切りの警報器の音だった。聞き覚えのあるリズムだったけど、音色が歪んでいるせいで気づけなかった。そういえば、さっき学校で聞いたチャイムの音もおかしかったっけ。

踏み切りの警報音ってここまで長く鳴るものだったかな。

この踏み切りを通るときに、こんなに待った記憶はない。

そもそも、この時間に電車が来ることなんてあったっけ。

——私が知らないだけかな。

ぼんやりと警報器を眺めていたら、電車がやってきた。短い編成の電車が、わたしの前を通りすぎる。

お客さんは誰も乗っていないみたいだ——と思っていたら。

わたしの目に人影が飛びこんできた。

その人は、電車に乗って移動しているわけじゃない。

電車の窓の向こう、踏み切りの向こうに、女の人がいる。よく見えないけれど、お姉ちゃんより年上に思えた。背が高く、病気みたいに白い肌。もとは真っ白だったんだろうけど、ドブ水みたいな色のシミが広がっているワンピースを着て、女優さんみたいに長い黒髪をなびかせ、両手で顔を覆っている。

泣いているのかな。

ここからではわからない。とても長い時間に感じられたけど、電車はほんの一瞬で二人の間を通りすぎていた。お腹に響く警報音も止んで、静かで暗い時間が戻ってくる。

女の人は、まだそこにいる。

顔を覆ったまま、大きく肩を震わせている。

よく見たら、首や肩の辺りが、赤黒い染みでぬれていた。

――血だ。

あの人は、血でぬれているんだ。

わたしが懐中電灯を向けても、女の人が気づく気配はない。

「あの……大丈夫ですか？」

話しかけると一瞬、女の人の肩がぴくりと止まった。だけど、光を浴びた女の人は、すっ――

と、夜空に吸いこまれるみたいに消えてしまった。

あの女の人も、今までに夜の町で出会ったお化けたちに近い存在だったのだと今さら気づいた。

血が出ていた。どんな存在であれ、血が出ていたら痛いはずだ。

あの人は、痛みに耐えていた。

恐怖と驚きから早まっていた心臓の音が、少しずつおさまってくる。

わたしは、女の人が立っていた場所の先を照らしてみた。あっちには、田んぼがある。あの女の人がまた突然出てくるんじゃないかと怖かったけど、ここまで来たんだし、もう少し先まで調べてみることにしよう。

もしかしたら踏み切りの音も電車も、今の女の人も、どこへ行ったらいいのか迷うわたしに、「こっちだよ」と言ってくれているのかもしれない。

その先に、お姉ちゃんがいるかどうかはわからないけど。

泥臭い湿った空気が、鼻先をくすぐる。

町中よりこの畦道《あぜみち》では、虫の声がたくさん聞こえた。

思えば夜の町を歩きはじめて以来、常にわたしの近くに感じられた生きているものの気配は、この虫の合唱だけ。いつもは気にも留めない虫たちが、今はわたしを応援してくれているように感じる。

通る者も少ない場所なら、夜のナニカたちもおとなしくしてくれている。

――なにも出ないといいな。

そんなわたしの淡い期待は、あっさりと裏切られた。

どんなリクツなんだろう、畦道の地面をまるで水面のようにして流れていく、肉のカタマリのようなナニカ。両手、両脚、顔をだらりと地面に埋めている。このナニカは、地面で溺れていた。ゆらゆらと浮いたり沈んだりを繰り返しながら、わたしを追いかけてくる。わたしは泥に足を取られないよう注意しながら走った。

わたしのほうが溺《おぼ》れているようなサッカク。

捕まったらわたしも、泥の海に引きずりこまれてしまうんだろうか。

町の中で、しかも道の真ん中で溺れ死ぬなんて、絶対にイヤだ。もしこのナニカにお姉ちゃんやポロが捕まってしまったのだとしたら。想像するだけで、唇が震える。泥の下でお姉ちゃんやポロが、わたしの名前を呼んでいる。そんな妄想《もうそう》に心を支配されそうになり、わたしは必死に振り払う。

乱れる息を整えながら周囲を懐中電灯で照らす。

そっと振り返ると、溺れるナニカがはるか遠くでぷかぷか浮かびながら、行き場を失っている。

わたしのことは諦めてくれたのか、あさっての方角へ浮かんだまま移動していく。あのナニカは、ここでずっと溺れ続けるのだろうか。苦しくないんだろうか。なにがなんだかわからない、怖いモノであっても、わたしはその心の行き先が気になってしまう。

深呼吸して、もう少し歩いてみよう。

そう思って畦道を進んだわたしの足は、ぴたりと動かなくなった。

足を掴まれた——のではなく、前に進むわけにはいかなくなった。

大きな袋を背負い、イカかタコのような手足が絡まった巨体が、浮かび上がるようにして、目の前に現れた。つるっとした仮面には目玉なんかないのに、なぜか目が合ったような気がした。

空気の壁が迫ってくるみたいな圧迫感が、お腹に来る。

——よまわりさんだ。

まだわたしの近くにいたのか。いや、今はそんなことよりも。

「お姉ちゃんをどこに連れていったの？」

それを聞くことが先。

近づいてはならないよまわりさんに、自分から話しかけるなんてことをしたら、いよいよなにが起こるかわからない。

だけどお姉ちゃんがいなくなったのは、わたしの後ろにいたよまわりさんを見てしまったあとだ。

よまわりさんが、お姉ちゃんをさらっていった。ポロを失ったわたしから、お姉ちゃんを奪っていった。だからわたしは、

「お姉ちゃんを、返してください」

少しあごを引いて、お願いした。

お姉ちゃんさえいてくれたら、わたしはどんなことだって頑張れる。

するとわたしの声に反応したのか、よまわりさんがぬるりと動きだした。わたしはびくりとして、懐中電灯の光をよまわりさんに当てる。

もしかしてお姉ちゃんの居場所を教えてくれるのかな、と思ったけど、やはりそれは甘い考えだった。よまわりさんはたくさんの手を伸ばして、うねうねとうねりながらこちらに近づいてくる。

よまわりさんが背負っている袋が、不自然に膨《ふく》らんでいるようにも見える。感情を感じられない仮面が、わたしをにらんでいるように思える。

――わたしのことも、さらうつもりだ！

思いこみかもしれないけれど、わたしはそう感じた。

このままよまわりさんと一緒にいたら、わたしもさらわれる。お姉ちゃんに会わせてもらえるのならそれでもいいけど、そんな甘くて優しい未来が待っているとは思えなかった。

よまわりさんは、やっぱり出会っちゃいけない相手なんだ。捕まったら、死ぬより怖ろしい目に遭うかもしれない。

わたしは懐中電灯を握り締め、よまわりさんに背を向けて走った。

夜の町でわたしにできることは、逃げることだけ。

ここには誰も味方なんていないし、わたしがいなくなって困る人だっていない。

よまわりさんは、ゆっくり追いかけてきている。刺すような、撫でるような、なめるような、なんとも言えないイヤな気配が、闇を押し退《の》けながらずるり、ずるりと迫ってくる。

不思議なことに、よまわりさんが追いかけてくる間は、他のナニカたちは気にならなかった。気配は感じるけど、近づいてこない。

よまわりさんは彼らの中でも特別な存在で、彼らもよまわりさんとは一定の距離を保っているのかもしれなかった。

子どもだけではなく、夜がおびえるほど恐ろしい。それがよまわりさんなのだとしたら、わたしの話なんて聞いてくれるわけがない。

でも、ここによまわりさんがいるってことは、近くにお姉ちゃんがいるかもしれないってこと。うまくよまわりさんを振りきって、お姉ちゃんを見つけられたら、今度こそ家に帰れる。

そうしたら、お姉ちゃんといっぱい話そう。

お姉ちゃんにこれまでのことを謝って、お姉ちゃんと一緒にぐっすり休もう。

お姉ちゃん。

お姉ちゃんは、いなくならないで。

わたしは胸いっぱいの気持ちを心の中で叫びながら、精いっぱい走った。途中何度か転びそうになって、お気に入りの靴はもう泥でぐちゃぐちゃだ。靴下も泥まみれで気持ち悪い。ずぶずぶ。ずぶずぶずぶ。よまわりさんが泥の上をはいずる音が耳から離れてくれなくて、痛くても、気持ち悪くても、足は止められなかった。

もう息ができなくなってしまいそうなほど走り続けて、恐る恐る振り返る。

泥の畦道がどこまでも広がるばかりで、よまわりさんの姿はなかった。どうやら振りきったみたいだ。

まだ心臓はどきどきしているけれど、休んではいられない。よまわりさんが戻ってくる前に、お姉ちゃんの手がかりを探さなきゃ。

わたしは懐中電灯を正面にかざす。

畦道の端で、なにかがキラリと、光を反射した。なんだろう、と近寄ってみると、それは、きれいなネックレスだった。

お姉ちゃんのかな、と思ったけれど見覚えはない。そもそもお姉ちゃんがアクセサリーをつけているところを見たことがなかった。お姉ちゃんはとてもきれいな人なのに、自分を飾ることはあまりなかった。

よく見るとネックレスは、変なところで千切れている。力まかせに、誰かが引き千切ったみたい。

無理矢理ネックレスを奪われて、ここに捨てられた。そうとしか考えられない。

――拾っておいたほうが、いいのかな。

怖い気もしたけれど、誰かの大切なものだったら。

これから会う誰かがこれを探しているのかも、と思ったら、拾ったほうがよさそう。

ネックレスに手を伸ばし、触れる。冷たい感触。だけども、きちんと形のあるモノの感触。わたしは泥をぬぐって、ウサギのポシェットの中にしまった。

そのときだった。

よまわりさんとは異なる人影が、突然目の前に現れた。

「ひっ⁉」

思わず、小さな悲鳴をあげてしまう。

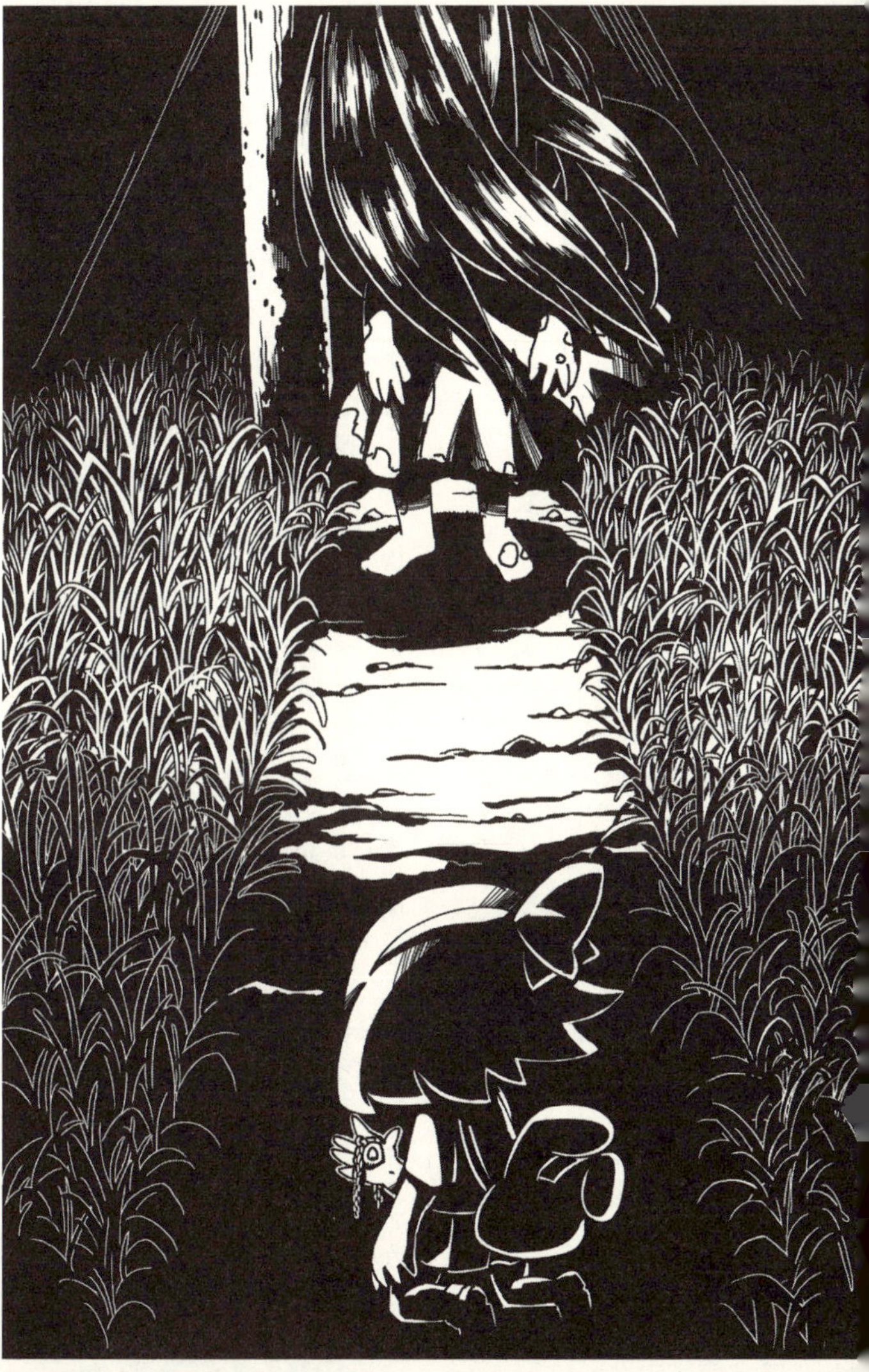

それは、ついさっき会った女の人だった。踏み切りの奥で、悲しそうに肩を震わせていた、長い黒髪の女の人。

彼女は相変わらず両手で顔を覆っている。

――もしかしてこのネックレスは、この人のものなのかな。

だったら、返してあげよう。

そう思ってポシェットに手を入れた瞬間、わたしはすくみあがった。

女の人がおもむろに両手を降ろし、長い黒髪の隙間からその顔をあらわにしていた。そこにあったのは――真っ黒な穴。瞳があるべき場所に二つの黒い穴がぽっかり空いている。

口もだ。口の代わりに、黒い穴がある。歯も舌もない。懐中電灯を当てても、奥が見通せない深い闇が、彼女の顔だった。

「うううううう」

と、その口の穴から、くぐもった呻《うめ》きが洩《も》れる。

――なにか言いたいことがあるのかな？

そもそも、こちらが見えているのかな。話せるのかな。

わたしが呆然としていると、女の人は思いっきり体をのけぞらせ、髪をふり乱す。

こじ開けられたみたいに、その口が広がった。わたしの頭ぐらいの大きさに見える。奥に見える喉が、大きく波打った。

「**おぅええっ**」

びしゃびしゃびしゃびしゃびしゃ。

女の人の口から、どろどろとした黄色い液体が噴き出した。

わたしは反射的に後退《あとずさ》って、液体を避ける。

肌がかゆくなるほど、ひどすぎる臭いが、辺りに立ちこめる。

夏に捨て忘れた生ゴミをさらに捨て忘れて、虫がたくさんわいてしまったときと同じか、それ以上に目に染みる。あまりの臭いに、わたしも思わず吐きそうになる。

さらに後退ろうとするわたしに向けて、女の人はびしゃびしゃとたたみかけるように液体を吐きかけてきた。

どうやら、わたしにかけようとしているみたいだ。

地面に広がる、体によいものだとはとても思えない水たまり。たぶん、わたしは彼女に敵意を――いや、殺意を向けられている。

びしゃびしゃ、びしゃびしゃびしゃ。

彼女は、自分の体が汚れることもいとわずに吐き続ける。わたしはそろそろと距離をとって、女の人から逃れようとする。

だけど、その目にある穴は——目はないのにおかしな言い方だけど、しっかりこちらを見すえている。

わたしは、嫌われているんだ。

——やっぱり夜に出会うものとは、わかりあえないのかな。

無性にさみしい気持ちになりながら、わたしは早足で女の人から逃げた。

逃げることしかできないのなら、嫌うことしかできないのなら、どうしてわたしたちは出会うんだろう。

恐怖とともにわきあがってくるのは、疑問だった。

出会っちゃいけないのに、なんで出会うの?

女の人はわたしを嫌いながらも、しつこくわたしを追いかけてきた。吐き出された液体が、彼女の足跡のように地面を順番にぬらし、音もなく消える。畦道のぬかるみに足を取られると、あっと言う間に液体を吐きだす音が一気に近づき、距離を詰めてくる。

これでは町中の路地を逃げ回るのと同じだ。田んぼにも学校にも、夜になったこの町にはまったく逃げ場がない。

家に帰ったところで、ゆっくり休むこともできないのかもしれない。

——もう帰る場所なんかないんじゃ。

押し寄せる不安に頭を支配され、わたしはついに足を止めてしまった。

ダメ、走らないと。

迷いを振りきって走ろうとしたわたしは、液体の吐き出される音が聞こえないことに気づいた。

逃げきれたのかな。

ほっとしたわたしの目の前には、細長い人影が立っていた。慌てて懐中電灯を向けると、光は真っ白なワンピースに遮られた。

わたしは恐る恐る、顔を上げた。洞穴《ほらあな》のような目と、真っ黄色の液体がしたたり、びしょびしょになった大きな口が、わたしを見下ろしていた。

ぽたぽたと、生ゴミみたいな臭いの液体がわたしの足下に落ちる。

「ひいっ――」

わたしがあげた声にならない声に、もう一つの声が重なった。

『**死にたくない**』

と、聞こえた。

かすれてはいるけれど、女の人の声だ。間違いなく、目の前にいる女の人の喉から零《こぼ》れた声だった。

『**助けて。死にたくない。助けて。返して**』

女の人は、何度も訴える。

訴えながら、だらだらと液体を吐き出し続ける。わたしはそれを避けるようにのけぞったけれど、視線をそらすことはできなかった。

『死にたくない。助けて。返して。あれを、返して』

返して。助けて。返して。助けて。

女の人は同じことを、何度も、何度も呟く。今までずっと、訴え続けてきたのかもしれない。

『返して。返して、返して、助けて』

あまりにもその言葉が切実すぎて、わたしは一瞬恐怖を忘れた。

「……なにを返してほしいの？」

わたしは聞いてみたけれど、返事はない。ただ、返して、助けて、を繰り返すのみだった。最後に彼女は、

『返して。殺される』

と呟き、大きくのけぞり、液体を噴水のように吐き出した。ぴちゃぴちゃと腐《ふ》臭《しゅう》の海が彼女の足元にたまり、わたしのほうに迫ってくる。

わたしは仕方なく来た道を戻ることにしたけれど、女の人の最後の言葉が頭から離れない。

「……殺される?」

あの人は、誰かに殺されちゃったのか。

そっか。人間は、人間を殺しちゃうときがあるんだ。

夜を歩くナニカじゃなくたって、人が人を嫌いになることは珍しくないんだ。

――夜は、嫌な気持ちがじわりと広がる時間なんだ。

女の人のことを考えながら歩いていたわたしは、いつの間にか畦道をそれ、両側に木々が茂る道に迷いこんでいた。

夜風に触れた木々の葉がざわめき、虫の声がいっそう濃くなる。どこかからホーホーと、夜行性の鳥の鳴き声も聞こえてきた。

いろんな気配を感じる。よく知っている気配も、よくわからない気配も、周りに充満している。

そろそろと歩いていると、崖に沿った峠《とうげ》道に出た。崖側にはフェンスが設置されていて、よく見ると山に登る人に向けた掲示物が貼ってあった。

懐中電灯で照らしてみると、**『行方不明者多数、一人で山を歩かないように』**というメッセージや、『度重なる事件、警察も捜索を断念しました』など、新聞記事のコピーのようなものも貼られている。

そういえばお姉ちゃんも、最近山でいなくなる人が多い、と言っていた気がする。そのときは「ポロがいるから平気だよ」と答えてしまったけれど、今になって思うと、さすがに怖いモノ知らずすぎた。

ここでのんびりしていたら、また彼女に追いつかれてしまう。わたしはフェンスに沿って慎重に、でもなるべく急いで歩いた。

峠の岩肌に沿いながら道を下っていくと、わたしを待ち構えていたみたいに、岩壁から無数の青白い腕が生えてきた。ゆらゆらといたずらしたそうな手つきで腕や足に絡みつこうとしてきて、近づくだけでくすぐったくなってくる。捕まったら、くすぐったいだけではすまないだろう。

捕まらないように崖側を歩いてみようかとも思ったけれど、あっちで足を踏み外したら、田んぼで足を取られて転ぶどころじゃすまなそうだ。

あの女の人に追われるままに、ここまで来てしまったけど、いったいどうやって帰ればいいんだろう。

ふいに不安がこみ上げて、足を止めそうになった。

いや、この先、あとちょっと先にこそ、お姉ちゃんがいるのかもしれない。町中では見つからなかったし、田んぼにはよまわりさんもいた。あのよまわりさんは、逃げたお姉ちゃんを追ってきているのかも。逃げたお姉ちゃんが、ここに迷いこんでいるのかも。そう考えれば、お姉ちゃんに近づけている気もする。近づけていないと、おかしい。だって、だってもう、町の中はたくさん探したんだから。だから、今は前に進もう。お姉ちゃんに会えれば、きっと一緒に家に帰れる。

わたしの希望を無駄だと笑うように、ぼたぼたと液体が垂れる音が、背後の林から響いてきた。

あの女の人に違いない。

ここまで追いかけ回されるようなことをしてしまったのか……思い当たることがなくて、どうしたらいいのかわからなくて、恐ろしい。嫌われていることだけはわかるから、かなしい。学校の友だちとだって、喧嘩《けんか》をすることはあっても、こんなに一方的に嫌われたことはなかった。

逃げても逃げても、あの嫌な音が離れることはない。音が聞こえるたび、わたしの心はぎゅうぎゅうと痛めつけられる。

子どもをさらうというよまわりさんならともかく、他のお化けたちはここまでしつこく狙ってくることはなかった。なにが目的なんだろう。あのネックレスが理由だっていうのなら、わたしは返してあげようとしたのに。

――殺すことが、目的なのかな。
殺されたからといって、別の誰かを殺して、彼女は満足するのかな。
わたしは殺されたことも、殺したこともないから、わからないだけなのかな。
こんな質問、学校で先生に聞いたとしても、きちんとした答えはもらえない気がする。
答えは。
答えがあるとしたら――自分で見つけなければ、いけないのかも。
全然見つかる気がしないけど。

峠はより鬱蒼《うつそう》と暗くなり、得体のしれない気配が重なってきた。
草も花もぼうぼうに生えていて、最近は誰もここを通っていないのだとわかった。女の人との距離は保てているけれど、このまま進んで行き止まりだったら、わたしは終わり。行方不明者の仲間入りだ。お姉ちゃんもわたしも、ポロもいなくなってしまったら、お父さんはびっくりするだろうな。

不安になったり、怖がったり、心配したりと忙しく考え事をしながら歩いていたわたしは、足を止めた。

懐中電灯の光が、空に遮られている。

いや、空じゃなかった。険しい岩壁が、行く手を阻《はば》んでいる。

――行き止まりだ。

もう先に進めない。

お姉ちゃんを助けられない。あまりにも悲しい未来が見えてしまったわたしは、その場に座りこもうとした。

だけど、懐中電灯の光が捉えたものを見て、座るのを止めた。

誰かが横たわっている。

長い髪、真っ白なワンピース、すらりとした背の高い女の人。わたしを追いかけているあの女の人と同じ姿の――。

――人間の死体だ。

理解するまで、時間がかかった。

ひとりぼっちで、あの女の人が死んでいた。服は風と雨に晒《さら》されて汚れ、破れ、半分は泥で汚れている。髪はばさばさで、やせ細った顔は、朝ごはんにたまにおかずとして出てくるアジの干物《ひもの》みたいに干からびていた。

不思議と、その姿を怖いとは思わなかった。

ただ、開かれた首元がさみしそうだな、と感じた。

そうか。あの女の人は、「ここ」に返してほしかったんだ。

背後からそんな願いが、向けられているような気がする。ぽたぽたぴしゃぴしゃ、液体が吐き出される音が静かに迫ってきた。

わたしは、振り返らない。

ポシェットの中から千切れたネックレスを取り出して、そっと、死体の首元に置いてあげた。

当たり前だけど、死体には変化がない。

だけど背後の気配は、すっ、と消えた。

やっぱり、彼女は失ったネックレスを、二度と戻れない自分の体に戻したかっただけだったんだ。

助かりたいけど、もう助からないから。

死にたくないけど、もう死んでいるから。

せめて大切なものを、取り返したかったんだ。

そう思ったら、急に女の人が可哀相でたまらなくなってきた。誰にも知られずに死んで、誰にも気づかれないままだった彼女の、小さなお願い。

それをかなえてあげられたのだとしたら――。

わたしたちの出会いにも、意味があったのかも。

そしてわたしは想像する。

――わたしが今死んでしまったら、なにをお願いするのかな。

考えても、答えは出ない。

わたしは峠道を引き返すことにした。最後に、近くで見つけたお花を摘《つ》んで、死体のそばに供えてみた。こんなことで救いになるかどうかはわからないけど、もう他にできることなんてない。

お姉ちゃんに会えたら、ここのことを大人の人に伝えてもらおう。

そうしたらきっと、この人の家族も死体のことを知る。

ずきん、と胸が痛む。

家族の死を知った家族は、きっととてつもなく苦しい。

でも――知らないよりもきっと、いい。

そっと手を合わせて、わたしはその場を去った。

崖から離れるとき、一度だけ背中に気配を感じたけど、振り返らなかった。

ゆっくり祈ってあげられなくてごめんなさい。

わたしは、お姉ちゃんを探しにいってきます。

闇夜姉《やみよ》

わずかな光を頼りにコンテナを抜け出し歩き回れば、後ろから足音がパタパタと近づいてくる。

振り向くと、誰もいない。前を向くと、また近づいてくる。

アレは、そういうものなのだと私は知っている。

だから、慌てたりはしない。落ち着いて、周りを見る。

視界に入ってきた建物すべてに、見覚えがある。

かつて、お母さんを探して夜の町をさまよったときも、わたしはここを訪れ、同じ経験をしていた。

——訪れたわけじゃないか。

あのときもわたしは、よまわりさんにさらわれて、気づいたときにはここにいた。

もう十年以上も前から使われておらず、誰が所有しているかも知らない、この廃工場に。

当時は、それはもう怯えたものだが、今の私にとってはとても都合がいい。恐怖よりも喜びが込み上げてくるほどだ。なにしろ、遠くに行く手間が省けたのだから。

ここからさらに遠くへ向かおう。

妹の視界に入らない場所、妹が近づいてこられないだろう、家から遠く離れたこの廃工場から——さらに遠くへ。

よまわりさんも、廃工場に閉じこめた私がその外に出たとなれば、再び私をさらおうとこちらに向かってくるだろう。

廃工場の敷地の出入り口は、建物を抜けたその先にあったはずだ。記憶をひとつひとつ思い出しながら、靴を失いむき出しとなった足を前へ前へと動かしていく。

私は扉を開けて、廃工場の中に足を踏み入れた。

この暗さ、この息苦しさ。あのころと同じ静寂に包まれた建物。壁を伝う鉄パイプのサビだけは、あのころより色濃くなっている。

建物の中はもっと暗いけれど、雲が晴れたのか月明かりが窓から差しこんでいる。すでに目が闇に慣れていたので、この程度の光でもなんとか歩き回れる。ところどころ床もさびついているので走るのは難しいけれど、適当な場所を見つけてそこに居座るぐらいならできるだろう。

ただ、人気のない廃工場も、安全とは言いきれない気配に包まれている。どこか遠くから、子どもが無邪気に笑う声がする。廃工場の外でも聞こえた、足音も近づいてくる。

この時間この場所に、生身の子どもがいるはずはない。私と同じようによまわりさんがさらってきた可能性は否定できないけれど、あんなに高く明るく笑うほど楽しいことがあるとは到底《とうてい》思えない。

あれは、いてはならない子どもの声だ。

私は声に近づかないよう慎重に通路を歩き、敷地の出入り口側の近くへ出られるはずの廃工場の扉を目指す。

遠くに目的の扉が見え、安堵《あんど》した次の瞬間。子どものものではない、重く不規則な足音が聞こえた気がして足を止める。

耳を澄ますと、その足音はこちらに近づいてくるようだった。

よまわりさんかと思ったが、なにかを引きずるような音はしない。

知っている場所で、知らないナニカに出くわす——それまで淡々と歩みを進めていた私の中にも、ようやく恐怖が芽生える。

辺りをさっと見回すと、近くに用具入れと思《おぼ》しき小型のコンテナを発見した。よまわりさんに閉じこめられていたコンテナと、同じくらいの大きさだろうか。人が二、三人、ようやく入れるぐらいの大きさだ。鍵はかかっていない。

そっと扉を開けてみる。

中には工場で使われていたと思しき工具や、備品と思われるものが散らばっているだけだ。クレヨンも落ちている。子どもがここで遊んだのだろうか。

とにかく今は、身を隠さなくては。

素早くコンテナに滑りこむと、内側から扉を閉めた。念のため、コンテナの中に転がっていた鉄パイプをつっかえ棒代わりにして、扉を固定する。これで外からは簡単には開けられないはずだ。

そこまですると、私は深く息を吐いて、コンテナの壁によりかかった。

靴下だけで歩き回ることが、これだけ疲れるとは。

足の裏に小石がこびりついていて、いくつかはカカトにめりこんでいる。なにか黒い染みができているな、と思ったら軽く出血しているようだった。気をつけていたつもりだけど、ガラスかなにかを踏んでいたらしい。

強い痛みはないから今はどうってことない。いざとなったら、ハンカチを巻きつけて応急処置でもしておけばいい。

——ちょっと喉が渇いているのが辛いところかな。

家を出てから歩いたり倒れたり余計な体力を使っていたけれど、その間、なにも口にしていない。水ぐらい持ってくればよかった。

せめてナニカをやり過ごすまでは、体力を失わないように、じっとしていよう。

そう思ってまぶたを閉じ、「ふうっ」と思いきり息を吐いた私は、

——**ガタッ**
という物音に驚いて、思わず息を止めた。

先程よりも確実に近づいている。コンテナの近く、すぐそこから聞こえた。

——ここにいることが、バレたのかな？

夜を歩く『彼ら』は、茂みに隠れた程度のことでも誤魔化せるはずだ。

見るか、見られるか。

それが『彼ら』が狙い、狙われる基準だと私はかつて学習した。ここでなにも見ず、見られずにすめば。

——**ガタガタ**
やはり、すぐそこにいる。

いるというか——歩き回る足音のように感じられた。

やはり、よまわりさんではない。神出鬼没《しんしゅつきぼつ》なあれは、あんな歪《いびつ》な形をしているくせに複雑な足音とは無縁だ。呑気《のんき》に歩いてくるとは思えない。

では、別のなにか？

子どもにしては、音が大きい。ということは――。

「誰かいるんだね？」

声が聞こえた。

落ち着いている、でもしわがれてもいない。よく通る若い男性の声だった。

「………」

うっかり返事をしそうになったけど、私は言葉を飲みこむ。

――入ってこないで。お願いだから。

話を聞いてあげられる余裕なんてない。

私は耳を塞いでやりすごそうとしたけど、

「やっぱり、誰かいるな。おい、大丈夫か？　君は――君もまだ、無事なんだな？」

声はそう言った。あまりにも理性的で、圧のない声音。

君「も」？

どういうこと？

この声の主は、夜をさまよう『彼ら』ではないの？

私は警戒を解かずに、懐《ふところ》に入れたお守りを強く握り締める。

「……怪しまれるのも無理はないよな。よし、わかった。だったらそのまま聞いてくれ。僕は……ええと、どう説明すればいいのかな。フツーの人間だ。そこらで笑っている子どもの影とか、町をさまよっている人影とは違う。こうして生身の体もあるよ」

君もそうなんだろ？

声はそう続けた。

冗舌《じょうぜつ》で滑舌《かつぜつ》もいいその口調は確かに、胡乱で曖昧《あいまい》な夜の住人とは異なる存在感だった。

改めて、声から年齢を想像する。

大人の声。

私よりは年上だろうけれど、まだ若い、青年ぐらいの声、といったところ。

「………………」

私はまだ、返事をしない。ただ、恐怖心はだいぶ薄らいでいた。

「ここら辺には、怪しい気配は感じないから、しばらくは休んでていいと思う。しかし、驚いたよ。夜の町を調べてたら工場の中を女の子が一人でふらふら歩いてるんだもの」

軽い言葉で、男は述べる。

——町を調べる？

なんのために。いや、そんなことよりも。

「……私のあとを、つけてきたんですか？」

私はついに、言葉を発してしまった。

「お。ようやく喋《しゃべ》ってくれたね」

「まだ信用はしてません。質問にだけ答えてください」

私は子どもと思われて侮《あなど》られないように、気丈《きじょう》な声で聞き直した。

「どうして、私のあとをつけてきたんですか」

「見かけたとき声をかけようとは思ったよ。でもさ、靴も履かず、灯りも持たずに、夜の廃工場の中を歩いている女の子がいたら、いきなりは話しかけられないよ。君だってしばらくは様子を窺《うかが》うだろう？」

「……確かにそうですね」

自分の行動を思い浮かべて頷く。

泥にまみれ、靴下だけで工場内をうろつく女の子。

——さぞかし、不気味だったことだろう。

「無視してもよかったけど、放っておくわけにもいかなくてさ。大丈夫？　ケガはしてない？　なにしてたんだい？　なにがあった？」

「複雑な状況なんです」

「そりゃそうだろうね。じゃあ、最初の質問だけ。ケガはしてない？」

わざと冷たく言ってみたのに、男の声は落ち着いたままだ。

「大した傷はありません。足の裏を少し切ったぐらいです」

「そうか。じゃあ、これを使って」

男はそう言うと、なにやらゴソゴソと音を立てはじめた。

怪訝に思っていると、コンテナの扉のわずかな隙間から、すっ、となにかが中に差しこまれてきた。私はビクッとして、それを凝視《ぎょうし》する。

「……なんですか？」

「バンソーコー。それと、ウェットティッシュも。傷をふいてから貼るといいよ」

よく見ると確かに、バンソーコーの束と、ウェットティッシュの入ったパックだった。私は恐る恐るそれに触れてみる。おかしな感触はない。

そっと手に取って、ウェットティッシュを一枚、取り出してみた。ひんやりとして、指が気持ちいい。

「使わせていただきます」

私はおもむろに靴下を脱ぎ、汚れた足の裏をウェットティッシュでふく。アルコールが傷に染みて「うっ」と小さな声が洩れてしまった。

傷自体は大したことがないので、二枚ほどバンソーコーを拝借してペタリと貼りつける。ただそれだけのことなのに、疲れた体がじんわりと癒《い》やされたような気がした。

「ありがとうございます。助かりました」

私はバンソーコーの束とウェットティッシュを隙間から外に押し戻しながら、素直に気持ちを伝えた。

「どういたしまして。女の子なんだから、あまり無茶をしちゃダメだよ」

優しい反応が返ってきた。

「このバンソーコーとウェットティッシュ……いつも持ち歩いてるんですか？」

「前はそんなことなかったんだけどね。最近は夜に出歩くことが多くて、必需品になっちゃったんだ。暗いと思わぬところで怪我《けが》をしたり、足を痛めたりするからね」

バンソーコーが必需品になるほど、歩く？

夜の町を？

「やめたほうがいいです。ここまで来るのに、貴方《あなた》も『あれ』を見たんですよね

「……？」

「とぼけないでください。この工場だけでも、怪しいものを見かけたんですよね？　だったら、町でもいろんなものを見たはずです」

全員が見えるとは限らない、夜をさまよう『彼ら』だけど――この男はきっと目撃している。

そうでなければ、「君も無事なんだな」なんて言うはずがない。

夜の町に、歪な危険が溢れかえっていることを知っているはずだ。

「そうだね。信じられないものをたくさん見たよ。でも、昼間ここに住んでいる人たちに尋ねても、彼らはなにも見てないって言うんだ。本当になにも見えていないのか、見えることを知っていて、外に出ないのか」

「どちらも、だと思います」

私は答える。

なにも見えていない、知らない人間のほうが多いとは思う。

でも、見えてしまう人たちもいるはずだ。

田舎だからとはいえ、この町の大人は夜、まったく外を出歩かない。みんなも町に住みついた恐怖の気配を、無意識のうちに感じているのだ。

理由はそれだけではないかもしれないけれど、町の人口は急激に減ってきている。

この町は――とっくの昔に、見捨てられている。

「あなたはこの町の人じゃ、ないんですか？」

私は聞いてみた。口振りからすると、外からやってきた人間のようだけど。

「うん。四駅離れた町に住んでるよ。この町には昔、身内が住んでいたんだ」

「住んで……『いた』？」

男の過去形は、不吉な語気をはらんでいる。

「殺されたんだ」

さらりと男が言い放った。

「…………」

想像していた以上に、重いひと言だった。

「おっと、また怖がらせちゃったね。でもまあ、事実なんだ。誰に殺されたのかはわかってないし、遺体も見つかってない。今も、犯人は捕まっていないんだ」

「それじゃ、殺人事件かどうかもわからないんじゃ……」

「警察の発表では、行方不明事件ということになっているね。でも、僕は確信している。この町で、僕の身内は殺された――命を奪われたんだ。犯人はきっと、人でないものなんだ」

決然と語られる青年の言葉に、私は納得してしまう。

私もこの町の夜に、お母さんを奪われた。この人の身内も同じような目にあったんだ。

「あいつは消える前、周りでおかしなことが起こっていると言っていた。妙な人影を見た、とも。僕も最初は気のせいだよ、なんて返してしまっていたし、あいつがいなくなってからもすぐには信じられなかった。でもこの町に来て、すべて悟《さと》ったよ」

「………」

「僕はあいつの無念を晴らしたい。そのためにも、この町でなにが起きているのかをつきとめたいんだ」

男のまっすぐな言葉が、少しずつ私の胸に届きはじめる。同時に、似た境遇でも諦めずに真相を求め続ける男の言葉が、耳に痛い。

私は、妹を家に帰すことさえできればいいと思っていた。

なにかをつきとめたり立ち向かったりすることは、とっくの昔に諦めてしまっていた。

「危険ですよ。そんな自分が恥ずかしい。たった一人で、そんな……」

「わかってる。でも、手がかりを見つけたんだ。ここでやめるわけにはいかない」

「手がかり……？」

「君は、『よまわりさん』を知ってるか？」

男の声のトーンが一段、下がる。

驚きはしなかった。

町に異変が起こって、誰かが消えるとき、よまわりさんは必ず現れる。

「知って、います」

出会ったこともあります、とは言えなかった。

「そうか……やっぱり、無視できないな。人が消えた場所にいくと、必ずその名前が出るんだ。子どもをさらう、人でないナニカ。みんな噂では知っているのに、誰もその正体を知らない。この町では、触れてはいけないもの、と考えられているようだね？」

「はい。触れてはいけないし、近づいてもいけないものです。もしよまわりさんを見てしまったら、よくないことが起こる、と言われてます」

「詳しいね。僕はそのよまわりさんが、この町に異変をもたらしていると考えているんだけど……君はどう思う？」

男は、問い質《ただ》すように尋ねてきた。

「……どうでしょう。私も恐ろしい存在だとは思いますし、よまわりさんが現れたら恐ろしいことが起こる、ということも実感してます。でも——」

でも。すべての原因がよまわりさんだとは、言いきれない。

「君は僕が思っていた以上に、よまわりさんのことを知っているみたいだね」

「……知りません。よまわりさんのことはわからない、ということをわかっているから、怖いんです」

私は正直に告げる。

よまわりさんの意思を読み取れるのであれば、こんな苦労はしない。

わかっているのは、よまわりさんをこちらに引きつけておくことで妹の安全を守ることができる、ということだけ。

それも、確信ではなく、置かれた状況と体験から勝手に判断したことだ。

「じゃあ君はここに逃げてきてまで、なにをしたいんだ？」

「妹のために、よまわりさんを見張ります」

私は言った。

私は、よまわりさんに狙われ続けることで、よまわりさんを見張る。

そうすることで——妹を、よまわりさんの『先』にいるものからも、遠ざけることができるから。

夜廻《よまわり》

五章――夜半

夜半《やはん》妹

月が明るい。懐中電灯に頼らなくても、開けた場所であれば不自由しないほどだ。

田んぼにも峠にも、お姉ちゃんとポロはいなかった。途中の坂道で三毛猫を見かけて近づいてみたら、首だけの大きな猫に変わって追いかけてきた。逃げた先の路地裏であの不気味な「道ふさぎ」が二体出てきて、挟み打ちにあったりもした。

息をつくことも、動物に癒やされることも、わたしには許されていないみたい。ぐったりしながらも歩き続けて、わたしは町の中心にある商店街までやってきた。田んぼに向かう際に近くを通りかかったときには誰もいなかったし、今も誰かがいる気配はない。

商店街のアーチをくぐったところで、わたしは思い出した。

お姉ちゃんはときどきわたしやポロを連れて、商店街の中にある神社へお詣りしていた。そしていつもお姉ちゃんは、とても真剣な表情で、なにかを神様にお願いしているようだった。

「なにをお願いしたの？」

一度尋ねたことがあったけど、お姉ちゃんは優しくはにかむばかりで内容は教えてくれなかった。

今思えばお姉ちゃんは、よまわりさんや町をさまようナニカのことを知っていて、自分や家族の安全を祈っていたのかもしれない。

わたしなら、そうする。

祈ることがあるとしたら、それだけ。

お姉ちゃんやポロが、無事でいられますように。

そして、できることなら――みんながさみしくありませんように。

さっきネックレスを返して、花を供えてあげた女の人がそうだったように、さみしさはその人の心を変えてしまう。どんな人間でも。

人間じゃなくても。

さみしすぎると、自分は自分でなくなってしまうから。

わたしもポロがいなかったら、今のわたしにはならなかったんじゃないか、って思うことがある。それぐらい、ポロはわたしの一部だった。

あの女の人にとってはネックレスがそれだったんだろう。心を留めるカギとか、囲いみたいなもの。

——今のお姉ちゃんに、「それ」はあるのかな。

お姉ちゃんをお姉ちゃんとして守ってくれる、さみしさを紛《まぎ》らわせてくれるなにか。

懐中電灯は、わたしが借りてしまった。ポロもいない。

わたしはお姉ちゃんをひとりぼっちにさせてしまった。

お姉ちゃんがお姉ちゃんでなくなるなんて、わたしは耐えられない。そんなことにならないよう、なにかにすがってほしい。

お姉ちゃんが今すがるとしたら。

もしかしてお姉ちゃんは、自分を守ってくれるものを——ポロを守ってくれるなにかを求め、願うために神社に来ているかもしれない。

わたしは商店街を歩き回りながら、お姉ちゃんを探す。

この辺りは不思議なぐらいに空気が穏やかで、健やか。今まで歩いてきた場所と比べて、恐ろしい気配は感じない。

ただ、商店のシャッターに貼られたチラシが、この商店街もさみしく消えていくらしいという悲しい事実を、わたしに教えてくれた。チラシには商店街の宣伝ではなく、『大きなショッピングモールを建設するから、みんなここを出ていくように』という内容が、小さな文字で書かれていた。

夜だから人気がないんじゃない。

すでに多くの人がこのさびれた商店街を捨てて――。

町を捨てて、いなくなってしまったんだ。

わたしの知らないところで、わたしの知っている町はゆっくりと忘れ去られようとしている。

無力感にぐったりしながら歩いていると、道の向こうに、小さな砂山のようなものが見えた。

懐中電灯の光を当てて、よく見つめてみる。

真っ白なそれは、砂じゃない。紙の上に盛られた、塩だった。

前にテレビかなにかで見たことがある。「盛り塩」というやつだ。お塩で家や土地を浄《きよ》めて、悪いものが入らないようにするとか、なんとか。

誰が置いたのかはわからないけれど、商店街が静かなのは、この盛り塩があるからなのだろう。

わたしやお姉ちゃん以外にも、夜をさまようナニカが見える人がいて、そのナニカを少しでも大人しくさせようとしているのかも。

今のわたしには、それだけのことでも救いの手を差し伸べられているように――。

――手。

わたしは、自分の目を疑う。

わたしの身長よりも大きな、巨大な腕だけの影。

指を足のようにして、盛り塩の近くをカサカサとうごめいている。手の甲の部分には、真ん丸な人間の目のようなものもついていて、ゆっくりまばたきを繰り返していた。

異様だった。

ここまで見てきたものも充分異様だし恐ろしかったけれど、その『手』には、迷いのない、強い意志のようなものが感じられた。誰か逆らえないものに命じられて、忠実に命令に従って行動しているような。

わたしが近づけずにいると、『手』は盛り塩のほうへさらに近づいていって。

ぐしゃり――と、塩を握り潰した。

盛り塩が、崩れた。

そのままその『手』は、なにごともなかったかのようにうごめきながら、どこかに行ってしまう。

呆気に取られていたわたしは、ぞわぞわと不快な気配がそこかしこから立ち上ってくるのに気づいた。

大人しくしていた町のナニカたちが、元気を取り戻したらしい。元気と呼んでいいのかわからないけれど、ぶっそうで悪意を持った活気が商店街中に溢れている。

電柱の前を通りがかれば、その背後で胡乱な影がうごめく。道を変えると、上半身だけで這い回る人に追い回される。

大通りは、「道ふさぎ」の大きな体に塞がれていて、通れなかった。

後ろから、前から。

角を曲がれば、突然そこにいる。

商店街は、住宅街以上に不穏な場所になってしまったようだ。

――長居しないほうがいいかな。

わたしは、息をひそめてアーケードの中を進む。一気に走り抜けようかと考えはじめたとき、

トゥルルルル。

電話の音が鳴り響いた。

わたしは反射的に足を止め、音のほうに視線を向ける。

そこにあるのは、商店街でもひときわ明るい光を放つ電話ボックスだった。緑色の公衆電話を設置した電話ボックスの中から、ベルの音が聞こえてくる。こんな時間に、こんな場所で、この電話に、いったい誰が？　近づくべきではないと思う。

わかっているのに、わたしはその電話ボックスに入り、受話器を握っていた。

もしこれが、お姉ちゃんからの電話だったら。そうでなくても、お姉ちゃんや、ポロと繋がる一歩だったとしたら。

危なくても、試すべきだとわたしは思った。なにかあったら、すぐに逃げればいい。


トゥルルルル。トゥルルルル。


静寂を嫌うように、ベルは鳴り続けている。ゆっくり、呼吸を整えながら、わたしは受話器を持ち上げ、耳に当てた。

「もしもし……？」

なにも聞こえない。いや、ざわざわという葉擦《かす》れの音に混じって、きしきしと、なにかが軋《きし》むような音が、受話器の向こうから微かに聞こえる。

たまに家に帰ってきたかと思うとすぐに眠ってしまう、お父さんの歯軋《はぎし》りの音に似ているかも。不気味ではあるけど、田んぼで会った女の人から感じたような憎悪《ぞうお》や悪意は、その音からは感じられなかった。

その音に混じって、キィン――と、金属同士をぶつけたような高い音が聞こえた。

わたしの中から響いている音なのか、受話器から出ている音なのか、だんだんわからなくなっていく。同時に、頭の中が真っ白になって、気が遠くなるような感覚。

くらくらしたわたしは、一度まぶたを閉じて、深く息を吸う。そして、まぶたを開ける。

――あれ？

夢を見ているのかな、と思った。

まるで夜から夕方に時間が戻ったみたいに――目に入る世界の色が、すっかり変わっていた。

受話器の形は変わっていない。電話ボックスも、元のままだ。ぐるりと周りを見回してみる。場所も商店街で、移動したわけじゃない。

ただ、すべてが真っ赤だった。

ほんのり紫がかっているけど、赤い。

空が赤い。地面が赤い。建物が赤い。

左手に持った懐中電灯の光が真っ黒な影を落とす他は、目に入るもの全部が、血のように赤かった。視界がぐにゃりと歪んでいて、近くと遠くの差がわかりにくい。

わたしはついに、死んじゃったのかな。

本当に死んでしまったなら、懐中電灯を持ったままというのは変な感じだ。スイッチをオフにすると、普通に光が消える。中には乾電池も入っていた。

懐中電灯も、その中の電池も、わたしと一緒に死んじゃったんだろうか。

受話器に改めて耳を当ててみる。いつの間にか通話が切れていたようで、ツー、ツーという音だけが響いていた。

わたしは受話器を戻して、赤い商店街に向き直った。どうやら、まだ死んだわけじゃないみたい。このモヤモヤしてソワソワする感じは、怖い夢を見ているときの感じに似ている。

この赤い世界は、どこまで続いてるんだろう?

もしかして、この赤い商店街の中に、お姉ちゃんとポロがいるのかも。

――ここで頑張らなかったら、お姉ちゃんたちは永遠に見つけられないのかも。

怖くて手は震えているけど、少しでも可能性があるのなら進まなきゃ。わたしは懐中電灯を握り締めて、商店街を歩き出す。

商店街の通りや物陰には、なにもいない。

辺りは目が痛くなりそうな赤色が広がるばかりで、人影もなかった。

ただ、空がざわついている。星も月も見えなくなった空は、真っ赤な暗闇に包まれていた。

ビルと道路に大きな影が落ちた。

頭上に気配を感じて、視線を上げる。

雲かな、と思った。

でも、あんな形の雲は見たことがない。

雲には、無数の足は生えていない。人の指みたいにうねらないし、キィキィ音も立てない。磨《みが》いた石のようにつやつやした光沢を持つ胴体。見覚えのある生きものだ。家の庭や、散歩中の山道で見かけたことがある。別に悪さをされたことはないけど、長い足がたくさん生えているのが怖くて、自分からは近づけなかった。

商店街を、屋根のように覆ったその長く大きなものは――。

――ムカデだ。

信じれないほど大きなムカデが、商店街に巻きついている。わたしの頭上に浮かんでいるのはその腹部だ。

ぞわぞわと鳥肌が立つ。

ここはムカデの巣の中だったんだ。

うねうねと風に揺れる柳みたいに蠢いているムカデの足が、どこにいても見える。それはつまり、どこに逃げても同じということ。

どこへ逃げようと、この赤い空は続いているような気がした。

せめて商店街の外に出てみよう、とわたしは移動を試みる。

ムカデの体は長すぎて、どちらが頭でどちらが尾か、ひと目ではわからない。せめて商店街の出口に巻きついているのが尾のほうだったら——と期待したけれど、それもあっさり裏切られてしまった。

出口に向かって走り抜けようとしたわたしの頭上から、大きな塊が降ってくる。

慌てて飛び退いたわたしが見たものは、折り重なった鋭い牙だった。

長く弾力のありそうな触角、機械みたいに感情が感じられない真ん丸な目。

ムカデの顔が、この世界から逃げようとするわたしをにらんでいる。ちょっとでも外に向かう動きを見せると、すかさずその首がきしゃあと鳴き声をあげて、押し潰そうと迫ってくる。

わたしはおびえながらも、映画の怖いシーンで出てきた、ギロチンというものを思い出した。

こんなに大きなムカデの頭に突っこんでこられたら、電柱の下で佇む黒い人影だって逃げ回るだろう。

わたしは脱出を諦めて、商店街の中を探索することにした。ムカデは商店街から出ようとさえしなければこちらを襲ってくることはなく、ただうねうねと頭上を覆うだけだった。

覆うだけ――それだけでも充分に不気味だ。

ポロとの散歩のおかげで、普通の大きさの昆虫やムカデなら見慣れてはいる。でも、この大きさは普通じゃない。どこにいても見えるその巨大な姿は、私をずっとどきどきさせるには充分だった。

――そういえば。

蚊に刺されたことはあっても、ムカデに嚙まれたことはなかった。ムカデはこちらが攻撃したりしなければ、襲いかかってきたりしない。

――じゃあ、どうしてこの巨大ムカデはわたしを襲ってきたんだろう?

そう思ったわたしは巨大なムカデの体を、尾まで辿ってみることにした。

ムカデの胴体は商店街に沿って伸びている。頭が商店街の出入り口を塞いでいたように、尾の部分もどこかを塞いでいるのかもしれない。ムカデのお腹がピクンと脈打つたびにビックリしながら、わたしは商店街を歩き回る。

やがて辿り着いたのは、わたしがよく知っている場所だった。

ムカデの鋭い尾は、お姉ちゃんと一緒にお詣りに来ていたあの神社へと続いていた。

——あのムカデ、この神社に住んでいるのかな？

そんなことを思っていたら、ムカデの体がぐるん、とひるがえった。胴体がひっくり返って、出入り口を塞いでいたはずの頭が、神社の上からわたしを見つめている。きしきしと口を動かしてはいるけれど、突進してくるような素振りはない。

——もしかして、話せばわかる相手なのかも。

あの女の人だって、ネックレスを返してあげたらもう追いかけてこなかった。

このムカデも、なにか返してほしい——あるいは聞いてほしいことがあるのかもしれない。

でも今はなにも持っていない。ムカデがしてほしいこともわからない。

もう一度商店街を回ってそれを探すべきかな、と思っていたら。

トゥルルルル。

またしても、電話の音が聞こえた。

わたしをこの赤い世界に導いた、公衆電話の音だ。

この近くにも電話があるみたい。どうしようかとまどっていると、それまでわたしをただ見つめていたムカデの頭が、電話の音が鳴っているほうを向いて、こちらを向き直った。

わたしには、なにかを促しているように見えた。

「もう一度、電話に出ればいいの……？」

恐る恐る、聞いてみる。

ムカデの気持ちは相変わらずわからないけれど、なんとなく肯定されたような気がした。

トゥルルルル。トゥルルルル。

電話は鳴り続けている。放っておいたら、切れてしまうかもしれない。

「わかった。もう一度、出てみるね」

ムカデにそう告げて、わたしは神社から飛び出した。道路を進むと、さっきとは別の公衆電話があった。

そろそろと受話器を取ったわたしは、息を止めて耳に当てる。

また、きぃん――という金属音が聞こえてくる。しっかり意識を保とうと頑張っても、頭は真っ白になっていく。

――くらくらする。

体がふわふわして、うたた寝しているときのような心地よさを感じさせた。

まぶたを閉じて、もう一度開くと、視界から赤い色が抜けていた。

空が普通に暗い、無数のナニカがざわざわしている、元の商店街だ。ムカデの姿も見えない。

やっぱりあの赤い世界は、ムカデが作り出した世界だったようだ。迷いこんでしまったわたしを、元の世界に戻してくれたらしい。迷い込んだ理由も、こちらに戻してくれた理由もわからないけど。

公衆電話から離れようとしたわたしは、その脇に、白い小山があることに気づいた。さっきはなかったはずだ。

それは盛り塩だった。『手』に崩されていた盛り塩とは別の盛り塩が、こちらも崩れた状態で放置されている。

この商店街、いろんなところに盛り塩が置かれてるのかな。

そういう決まりがあるのかな、と思いながら懐中電灯を握り締めて歩き出そうとしたわたしは、自分がもう片方の手を固く握り締めていることに気づいた。

無意識だった。

わたしは意識せず、片手になにかを握り締めている。

そっと手を開く。ざらざらとしたものが、手のひらから零れ落ちた。

塩だ。

わたしは塩をひと摑み、握り締めていた。

一体いつから？　電話に出たときは、両手を使っていたはず。

受話器を持って、気が遠くなってから——ムカデの世界から戻ってくる間に、この塩を握らされたことになる。

不思議には思ったけれど、この状況だ。目の前で崩れている盛り塩と無関係とは思えない。

わたしは盛り塩の前まで近づいてみた。そして、握っていた塩を崩れていた盛り塩に混ぜて、山の形に整えてみる。公園の砂場でやる砂遊びとは違って、崩れにくいように、歪な形にならないように、細心の注意を払う。

満足のいく、きれいな山ができた。

すると、まるでそこから、きよらかな風が吹きこんできたように——周囲の不穏な気配が、薄らいでいった。

そっか、やっぱり盛り塩にはキキメがあるんだ。

誰が置いたのかは知らないけれど、商店街のいたるところに置かれていた盛り塩は、危ないナニカからこの商店街を守るためのものだったんだ。

あのムカデは、この塩を元に戻してほしかったのかな。

田んぼで出会ったあの女の人と同じように、ムカデにもまた、叶えてほしい願いがあったのかもしれない。

——わたしに叶えられることなら、してあげたい。

他にも塩が崩れているところはないか辺りを見回したわたしの前に、なにかが立っていた。

わたしは息を呑む。路地の先、盛り塩の先にいるのは——。

よまわりさんだ。

大きな袋を引きずりながら歩く、その姿。

心があるのかどうかもわからないのに、異様な威圧感。

よまわりさんは、わたしが盛り塩を整えるところを観察していたのだろうか。立ち上がったわたしの姿を、じっと見つめてくる。

――なに？　なにを言いたいの？

いや、そんなことより。

「お姉ちゃんは、どこ？」

わたしは尋ねる。内心、近づくのも話しかけるのも怖くて仕方ない。でも、お姉ちゃんをさらったのはよまわりさんだ。よまわりさんがお姉ちゃんを隠しているのなら、返してもらわなくちゃいけない。

「お姉ちゃんを返して……お願いです。わたしにできることがあればなんでもするから、どうか、お姉ちゃんに会わせてください」

わたしはくりかえし、お願いする。

それでも、よまわりさんの表情には――どこが顔なのかもよくわからないけれど――反応がない。じっと、わたしを見つめ返してくるだけだ。

「お姉ちゃんさえ返してくれるなら、わたし、ワガママ言わないから。お願いです。お願い……」

頭を下げてみても、やっぱり反応は同じだった。

お願いをしながら、わたしは「ポロを返して」と言えない自分に気づく。そう、よまわりさんがポロをさらったわけじゃないことは、わたしだってわかっている。わかっているのに。

わかっていることを言えなかったから、こんなことになっちゃったのかな。

ふいに、光が揺らいだ。

何事かと思ったけれど、ただ、懐中電灯を持つわたしの手が震えただけ。わたしは、自分が本当はなにを怖がっていたのか、わかりかけていた。

「お姉ちゃん……」

わたしはつい、この場にいないお姉ちゃんに助けを求めてしまう。

そんなわたしに呆《あき》れたのか、そもそもこの場に現れたこと自体、ただのきまぐれだったのか。よまわりさんの体は、夜の商店街に溶けるように、うっすらと消えはじめた。

よまわりさんは消えながらも、わたしの足下にある盛り塩を見つめていた。

盛り塩を恐れているようには見えない。ただ、それを重要なものとして認めているように、わたしには感じられた。

「待って！　どうすればいいか教えて！」

叫ぶわたしの声も虚《むな》しく、やがてよまわりさんは夜の霧となって消えた。

——なにも、教えてくれなかった。

それでも、このタイミングで出てきたことには、なにかの意味を感じる。

それから、盛り塩を崩していったあの『手』。あれはいったいなんだったんだろう。

わからないことばかりだ。でも、この盛り塩を戻すことで――商店街の静けさを取り戻すことで、いつかお姉ちゃんがここを通るときの手助けになるかもしれない。

わたしは手についた塩を、ペロリとなめる。

しょっぱい。

涙みたいにしょっぱくて、頭がハッキリした。

寒さが増してきた。

スカートの中にも、冷気が入りこんでくる。私はお腹を守るようにスカートを抱え込んで座る。こんな場所でトイレに行きたくなったりしたら、すごく困る。まさか男の人が近くにいる状態で、こっそりするわけにもいかない。

――いつまでここにいるつもりなんだろう？

私は、よまわりさんをおびき寄せて、もっと遠くへ連れて行かなければならない。

でも、今のままではコンテナから出ることすら叶わない。似た境遇のようだが、男の話のすべてを信じたわけではない。それに話を信じたからといって、男を信用していいとも思えなかった。

それに、もし子どもではない人間が廃工場にいるとよまわりさんが気づいたら、どんな行動をとるかもわからない。

普通なら、この状況で大人がそばにいるだけで不安も紛れるのだろうけど、男に今ここで目立つような行動をされるのは、ただただ迷惑だった。

性格が悪いと思われても構わない。私は妹さえ助かればそれでいい。

「喉、渇いてない？　飲みものはいる？」

コンテナの外から、男の声が聞こえた。

「いりません」

必要最低限の言葉で、わたしは断る。

「そうか」

気のない返事が返ってくるが、気分を害した様子はない。

どうせなら、怒ってどこかに行ってくれたほうが良いのだけど。

空さえ見上げられないコンテナの中、膝の間に顔を埋めて、私は妹との生活を思い出し、できる限り自分を強く持とうと考えた。

お母さんもおらず、お父さんも赴任先からなかなか帰ってこない、大人の欠けた私たちの家で、妹は育った。

様子を見にくる親戚や近所のおばさん、誰にでも懐く子ではあったけれど、家族の欠落はずっと感じていただろう。

私は少しでもあの子の隙間を埋めてやるために、できるだけ記念日や行事を大事にした。誕生日はもちろん、クリスマスも、お正月も、あの子が算数のテストでよい点を取った日も記念日として、私は忘れないであげた。

物で釣りたかったわけではないけれど、形に残るものは積極的にプレゼントした。

あの子が肌身離さず持っているクレヨンも、ウサギのポシェットも、遠出したデパートで一緒に選んだものだ。あまりワガママを言わない妹から、希望の品を聞き出すのに苦労した記憶がある。

だから、プレゼントを満面の笑顔で抱き締めるあの子の姿は、私にとっても宝物だった。

それでも。

どんなに気をつけていても、私だけではあの子のさみしさすべてを紛れさせることができなかった。いくら母親ぶっても、私だってまだ年齢的には子どもだし、お互い学校もある。

あの子の心が歪まなかったのは、結局のところ、ポロの存在が大きい。

幼いながらも空気を読もうとするあの子の本当の姿――年相応の快活な子どもっぽさを、ポロが守ってくれていた。お母さんを失った私の孤独や心細さを支えてくれたように、ポロは妹を支えていた。あの子の強さは、ポロの強さだ。

だから、あの子一人が夜の町をさまよって、よまわりさんから逃げとおすなんてことは、絶対に無理だ。

だから――仮に、この夜を乗りこえられたとしても。

今後のことを思うと、暗澹《あんたん》たる気持ちになる。

――私がもっと強くならないと。

唇を噛み締めていた私は、コンテナの外の気配が消えていることに気づいた。いつのまにか、男の気配がない。

会話を交わしてから、どれぐらい経っただろう。

私は妹のことを考えていると時間を忘れてしまうところがあると自覚していたが、少しばかり、視野までも狭くなってしまうようだ。

私はコンテナの扉の隙間から、そっと外の様子を窺う。誰もいない。

ようやく立ち去ってくれたのかと、安堵のため息をつく。直後、自分の足に貼られたバンソーコーが目に留まって、もう少し信用してあげてもよかっただろうかと罪悪感が芽生えた。

もしどこかで会うことがあったら——顔はわからないけど、もし、声で気づくことがあったら。そのときは、改めてお礼を言おう。

そう決めて扉のつっかえ棒に手をかけようとした、その瞬間。

突然隙間から、男の目がこちらを覗きこんできた。

「きゃあっ⁉」

私は動転し、大声をあげながらコンテナの中でひっくり返ってしまった。

「あ、また驚かせちゃったかな。ごめんごめん」

隙間から見える目が、柔和に細められた。この声は、さっきの男の声だ。

「どういうつもりですか。こっそり覗くなんて……」

「声はかけたんだけど、返事してくれなかったからさ。寝てるのかと思って」

悪びれもせず、彼は言った。

寝ていた覚えはない。妹のことを考えていて、声が耳に入らなかったんだろう。

だからといって、覗く理由にはならない。

「寝てはいません」

「わかったよ、ごめん。ともかくこれ、使ってよ」

「はい？」

彼は扉の隙間から、なにかをねじこもうとしていた。

「靴を探してきたよ」

「裸足で足がぼろぼろだったんだろう？」

「靴……？」

ねじこまれているものをよく見ると、それは学校で使うような上履きだった。使わないならいいけど、と言いながら彼はコンテナの扉をガタガタ揺らす。仕方ないので、私は扉のつっかえ棒をほんの少しゆるめて、靴が入る程度に隙間を広げた。

ぽとん、と靴がコンテナの中に落下する。

私は猫がエサをとるような素早さでそれを拾い、観察した。

「……確かに靴ですね。どこで見つけたんです？」

「この近くに中学校があるだろ？　そこに忍びこんで、こっそりね」

再び悪びれもせずに、男が答えた。

私のためにとは言っているが、あまりにも常識から外れた男の行動に、胸の奥がもやもやとする。

声の印象より若いのかもしれない、と思ったが、上履きがねじこまれる際にちらりと見えた男の指先は、深爪した大人のものだった。

私は深いため息をつきながらコンテナの隙間をにらんで、強く言い返す。

「泥棒じゃないですか。そんなもの受け取れません」

「後でちゃんと返せばいいって。いざというときに裸足じゃ、走れないだろ？」

「でも、サイズが合うかどうかもわかりませんし」

「だろうと思って、何足か持ってきちゃったよ」

隙間から、男が持っている上履きが何足か見える。なんだか切り取られた足をぶら下げているようで、私は生理的な嫌悪を感じてしまう。

しかし、靴がないと歩くのに不便だという点は、男の言う通りだ。

私は名前も知らない中学生の上履きに、そっとつまさきを押しこんでみる。傷ついた足の裏に靴底が触れて、一瞬刺すような痛みに襲われる。ただ、靴のサイズはちょうどよかった。

左右の足でしっかりと履き、立ち上がる。ここに来たときのことを考えると、ずいぶん動きやすい。

「別の靴も試すかい？」

男が、柔らかな口調で言う。

「いえ……ぴったりです。ありがとうございます」

「そう、それはよかった」

素直な男の言葉に、私のほうも微かに笑ってしまった。

男を信用している、というわけではない。

ただ、男は少なくとも自分よりは『大人』であるようだ。

「よかった、嫌われてはいないのかな」

笑った声を聞かれてしまったらしい。

これで気を許したと思われて、居つかれても困る。

「靴のことは感謝しますが、もう帰ってくれませんか。私もそろそろここを離れようと思うので」

私は極力感情を抑えて言い放つが、彼が立ち去る気配はない。

「君みたいな子どもを、一人では行かせられないよ。それに君はよまわりさんを知っている。噂話じゃなくて、実際に見たことがあるという口振りだったよね」

「…………」

「しかも君は、自分でよまわりさんを見張る、と言った。君はなにかよまわりさんに対する特別な決意を持っているようだ。違うかい」

「……どうですかね」

しつこい人だ。

しかし、このしつこさに彼の執念《しゅうねん》を感じる。

「無理強《じ》いはしないよ。けど――もし可能だったら、君になにが起こったか、教えてほしい。僕が失ってしまった人に関わることでもある。手がかりを持つ人間に出会えたのに、簡単には引き下がれない」

彼の声音に力がこもる。『失ってしまった人間』という言葉が、胸に刺さった。

「だから、もう少し待っててもいいかな。気持ちが変わったら、声をかけてくれたらいいし、もう余計なことは話しかけない――」

「昔……」

「ん？」

「昔、まだ小学生だったとき。さらわれたことがあるんです。母親が」

私は語りだした。

自分でも、どうして話す気になってしまったのかわからなかった。誰かに吐き出したくてたまらなかったのかもしれない。そもそも、今まで私の話を聞いてくれる人はいなかった。

「お母さんが、よまわりさんにさらわれたのか？」

「いえ。違う、と思います」

歯切れが悪くなってしまう私。

私だって自分に起こったことのすべてを把握して、整理できているわけではない。

「よまわりさんじゃないのか？　じゃあ、夜になると町をさまよう『あいつら』の仕業《しわざ》かい？」

「はっきりとはしないんですが、多分そうだと思います。覚えているのは、真っ黒な『手』がお母さんの腕を摑んで——暗闇の中に引きずりこんでいくところです」

頭に焼きついて離れない光景。

——あの日、私はお母さんを探して、夜の町を回ることにした。

先ほど私を追いかけてきた妹と同じように。

「そうだったのか。たった一人で、怖かっただろうに」

「私はよまわりさんに見つかって追いかけられました。よまわりさんは夜の町を歩き回る私みたいな子どもを見つけると、じっと道の向こうから、闇夜の向こうから観察してきて——そして、追ってくるんです。こちらが家に帰ろうとしない限り、ずっと、どこまでも、いつまでも」

「なるほど、噂通りだ」

「そして——」

そして。私もよまわりさんにさらわれた。

気づいたときにはここにいた。今の状況を鑑《かんが》みるに、どうもよまわりさんはこの廃工場を気に入っているらしい。

「命までは奪われなかった——狙われなかった、ということかい？」

「そうですね。もっとも危機は何度も感じましたから、偶然生き延びられただけなのかもしれませんけど。それに、もっと恐ろしかったのはそのあとでしたから」

「そのあと？」

そう、あとだ。

よまわりさんが現れたあとにこそ、本当の恐怖がやってきた。

お母さんを狙い、さらった――あの異様なモノと、私は対峙した。

あそこから生きて帰ってこられたのは、奇跡のようなものだった。お母さんが、私をかばってくれなければ、私も、家に帰ることは二度と叶わなかっただろう。

そして私は、その帰り道に一匹の小犬を拾った。

それがポロだった。

ポロを抱いて家に戻った私は、お母さんを助けられなかった罪を贖《あがな》うかのごとく、ポロを家族として、もう二度と失うことのないように大切に育てた。

――結局。

結局私は、ポロまで失うことになったのだけれど。

「ポロ…………」

私は、確認するように家族の名前を零す。

「ごめん。追いつめる気はなかった」

「いえ、追いつめられてなんか……」

そう言った自分の声音は、かん高く、震えている。

妹の前でなら耐えられるのに、一人では感情の制御がきかない。

ポロがいなかったら、私もこんなもの。

情けないな。

「辛かっただろうが、こうして君は生き残っている。生きてさえいれば、やれることがあるさ――なんて言葉は、薄っぺらく聞こえるかな」

「いえ。貴方も、失った人がいるんでしょう。それは自分に向けた言葉でもあるはずだし」

薄いとまでは、言いません。

私は自分が感じる事実のみを、伝えた。

「利口だな、君は。でも、頭が回るワリに融通はきかないって言われない？」

「放っておいてください。初対面の人に言われたくないです」

「あはは、そうだな。すまない」

柔和な笑い声。

強めの反論をしたつもりだったんだけど、彼はまったく意に介していないらしい。

大人特有の、子どもとの距離の詰め方。

その手には乗らない。私は話せる範囲で、真実を話すだけ。

「私の過去は、伝えた通りです。今は貴方も知っての通り、またしても夜の町に影が溢れだした。そして、妹の前によまわりさんが現れてしまいました。妹を巻きこむことだけは、避けたいんです」

よまわりさんが現れるということは、『その後』がある、ということだ。

もし、よまわりさんと出会った上で、夜の町をさまようことをやめないようであれば――。

妹は、お母さんと同じ目に遭うだろう。それを免《まぬが》れたとして、世にも恐ろしい体験をすることには違いない。

だから、私は帰らない。

私がよまわりさんに目をつけられ、よまわりさんの気を引き続けて、朝までよまわりさんを見張ることができたら。私が妹と離れれば離れるほどに、妹はより安全に家に帰ることができるはず。

「なんだか、いろいろ考えているみたいだね？」

沈黙した私に、彼が聞いてくる。会話の間の意味を読まれている。

「行き当たりばったりですよ。ただ、いつかこうなることは覚悟していたので」

「このために、いろいろと考えていたってこと？　自分を犠牲《ぎせい》にすることを？」

「…………」

「わかるよ、君の考えくらい」

男がため息をついたのが、扉越しでもわかった。

「普通の子どもだったら、こんな夜道で大人に出会えば普通、助けを求めるだろう。けど、君はそれをしなかった。それどころか、よまわりさんに近づけば、どんな危険なことが起きるか理解しているのに、妹のためによまわりさんを見張ると言う」

「なんでもお見通しなんですね」

私みたいな子どもの考えなんて、最初からお見通しだったのかもしれない。

「つまり、妹を救うためなら自分が犠牲になることも厭《いと》わない、と」

「それは違う。そうじゃありません」

私は、男の言葉を否定する。

うまくいけば――うまく朝を迎えることができたら、私も家に帰って妹と合流できるはずだ。

あのときとは違って、町の道だってたくさん覚えているし、体力だってついた。

どこかでポロを見つけられればもっと安心だけど、ポロは明るくなってから探したっていい。

妹が夜の町に出てしまった以上、私にとって妹の身の安全を守ることがなによりも大切。

私は自分の考えを、必死に男に話して聞かせる。

まとまらないところもあったかもしれないが、けっして後ろ向きな考えではないはずだ。

しかし男はもう一度、強く非難の言葉を返してきた。

「他の方法を考える余裕だって、あったはずだ。君はよまわりさんについて、知る努力をしたのか。他人に伝えようとしたこともないのかな」

失った者への執念故《ゆえ》か、男の口調と声音は、険しくなっている。

「調べたことはあります。相談したこともあります。お母さんがいなくなってすぐに。でも、誰もマトモには聞いてくれませんでした。お父さんも、近所の人も、学校の先生も。隣の町の、心のお医者さんだって。私を信じてくれた人なんて、どこにもいません」

思えば私の周りの大人も、完全に私の言葉を否定することはなかったように思うけれど。

あとになって私は、大人が諦めていたのでは、と考えるようになった。この町の夜の恐ろしさは、やっぱり普通の町とは質が違う。誰かがさらわれて誰かがいなくなることに、私以外の人間だって、気がついてはいたはずだ。

ただ、誰もそのことについて、つきつめて考えようとはしなかった。誰もが目を背けていた。

真正面から夜と――。

よまわりさんをはじめとした夜の怪異たちに向き合ったところで、どうにもならないと、大人はなんとなく知っていたんだと思う。

無神経に、夜の町を歩き回ったりしなければ、この町でも生きてはいけるし――。

――それが無理だったら、町を出るだけ。

それすらも不可能なら、町とともに死ぬだけ。

住人が減り続けているこの町は、そもそも近いうちに死ぬ運命にある。それを受け入れた大人ばかりだから、私もいつの間にかそう考えるようになっていた。

「ポロが一緒にいて、妹も近くにいましたから。私なんかがそれ以上のなにかを求めたらいけないんだって、思ってました」

諦めることで、私の心は安定した。

そうしなければ、耐えられなかった気がする。

「私なんか、なんて言うなよ。君は一度、助かっているんだから」

彼はそれ以上、余計な言葉を重ねない。大切な人を失った彼は、自分を大切にできない私を理解できないか、許せないのかもしれない。

申し訳ないとは思うけれど、彼のために自分の人生を偽《いつわ》ることはできない。

「貴方はまだ、諦めてないんですか？　よまわりさんについて、知ることを」

「当然だ。僕にはあいつ以外に——彼女の他に大切なものなんてなかった。今さら失うものなんて、なにもない」

「彼女……」

「婚約者だよ。もうすぐ挙式の予定だった」

さらわれた相手は、恋人だったのか。

身内、と言いきっていたけど——では彼は、これから本当の意味で身内になるはずの人を奪われたことになる。恋を知らない私には、その辛さが理解できない。

慰《なぐさ》めの言葉は、出てこなかった。

「彼女の無念を晴らしたい——せめて、彼女になにが起きたのか、それだけは知りたい。自己満足みたいなものだ」

自嘲《じちょう》するように、彼が笑う。

復讐《ふくしゅう》、と言いきってくれたら、私は言い返したと思う。

——その人は、そんなことを望んでないんじゃないですか。

——なにをしたって、死んだ人間は戻ってこないですよ。

私が自分に、言い聞かせてきた言葉。

お母さんの最後の言葉を思い出す度に、自分を納得させてきた理屈。

彼はそれをすべて飲みこんだ上で、行動している。自分が生きるためにやると言うのなら、私も否定できない。

「そこまでやって、なにかわかったんですか」

彼の出した成果に、興味がわいてきた。

「ほんの少しね。方々駆け回って、この町の歴史を調べてみたんだけど」

——この町には、神様がいる。

彼は、唐突にそう言った。

「……神様、ですか」

「そう、神様。いや、変なことを言い出したなんて思わないでくれよ？　君だって神社ぐらい行くだろ」

「はい。商店街の神社には、よくお詣りに行ってます」

「ああ……あの、ムカデの神社だね。あんなヘンピな神社にお詣りをしてるんだ？」

「思い出の場所ですから」

　幼いころから、お母さんやお父さんと一緒にお詣りしていた。ムカデを神様として奉《たてまつ》る神社、ということでクラスメイトは気味悪がっていたみたいだ。確かにムカデを拝んでいると思うと、ちょっと怖いけれど。

「あそこの境内は空気が澄んでいて、落ち着くんです」

「じゃあ、君やこの町にとって、あのムカデはいいほうの神様ってことになるね」

「いいほう……」

「ムカデにまつわる伝説は、日本中に残されているんだよ。古いものになると、毘《び》沙門天《しゃもんてん》の眷族《けんぞく》ってことにもなってる」

　私はよく知らないが、毘沙門天は商売の神様であり、戦いの神様でもあるそうだ。眷族、とは家来みたいなものらしい。

「悪いムカデもいるんですか？」

「別の地域には、住民を苦しめて、武士に退治された大ムカデの伝説もあるね。人間を噛むほど凶暴な害虫でもあるから、嫌われるときは嫌われる。けど、足が多いことは『客足が多い』ことに繋がるから、縁起《えんぎ》のいい神様としても扱われる」

「つまり……？」

　つまり、なにを言いたいのだろう。

「僕らの神様の性格は、祈りを捧げる人間がなにを考えているかによって、変わるってことだよ。人間がきちんと敬《うやま》っていれば、その人間にとってよいものになる。人間がよくないものとして見れば、そういうものになる」

「よまわりさんが、神様だっていうんですか？　人間のせいで、悪いものになってしまった神様だと？」

「そう言いきってるわけじゃないよ。でも、人をさらって隠す神もいる。人間に忘れられて存在する理由を失った神様が、人間をさらうんだと僕は思う。この町には、ずっと昔から神隠しの噂——伝説があるんだ。居場所のない神様が、ずっと誰かを狙ってるんだよ」

その噂の主がよまわりさんだ。彼は言った。

「………」

そうなのだろうか。

私をさらったよまわりさんは、悪い神様なのかな。なぜか、強くは納得できない私がいる。

そのときに私が感じたのは、

「神様も居場所をなくすと苦しいんでしょうね」

という、奇妙な共感だった。

夜廻《よまわり》

六章——夜更け

夜更《よふ》け妹

崩されていた盛り塩を丁寧に整えながら、わたしは呟く。

「これで全部かなあ……」

あのまっ黒な『手』が崩した塩は、一カ所だけではなかった。この塩を崩すと、よくないナニカがわいて出てきてしまうみたい。

手のひらが塩でざらざらになるしちょっと面倒だったけど、ナニカが溢れた場所だとお姉ちゃんを探すのにも不便なので、わたしはひとつひとつ塩の山を整えていくことにした。

確実なのは、さっきよりも商店街が静かになっていること。

あのムカデがいる神社を訪れて、空が赤い商店街から戻ってきて、盛り塩を戻していくと、少しずつ町に元の静けさが広がっていった。

ムカデと塩の繋がりはよくわからないけど、ムカデの願いは、やっぱり崩れた塩を元通りにすることだったのだろう。わたしは塩を戻したことを報告するために、神社へ向かうことにした。

また電話が鳴るのかなと思ったけど、今度は鳴らなかった。

あの電話は、ムカデがわたしを呼び出すために使っただけで、わたしが自分から向かう分には必要がないのかもしれない。

わたしは商店街の隅、路地を通って、神社に辿り着く。特に不穏な気配はなかった。境内に入って、目を閉じ、塩がついたままの手を合わせた。

きしきしきし。

無数の固い足が、こすれる音。

神社の真上に、大きなムカデの頭がある。最初に会ったときには震えあがったけれど、今はその感情がわからない目を見ても恐怖は感じない。

しばらく見つめていたら、ムカデはわたしの指についた塩を一瞥《いちべつ》するように触角を曲げた。

商店街を荒らされることが許せなかったのかな。

商店街の人たちも、もしかしたらこのムカデの気持ちを理解して盛り塩をしているのかもしれない。

つまりこのムカデは悪くて怖いムカデじゃなくて、怖いけど町を守ってくれるいいムカデ。

そう考えたら、とても心強いように思えてきた。

お姉ちゃんのことを知らないかな。

お姉ちゃんを守ってくれるかな。

もしかして――ポロのことも知っているかな。

わたしがなにから聞こうかと考えていたら、ムカデは突然長い体をもたげて、カエルを威嚇《いかく》するヘビみたいに頭を持ち上げた。わたしはびっくりしながら、ムカデを見上げる。雲のかかった月がムカデの向こう側に見えて、とっても神秘的だった。

――わたしが話しかけようとしたから、いやがられちゃったのかな。

そう思って開きかけた口を閉じたけど、ムカデはわたしと目線を合わせたまま触角を「ぷいっ」と曲げて、とある方向を示した。そして、そのまましきしきと足をこすらせながら、触覚の向いた方向へと歩き出し――夜空を走る銀河鉄道みたいに、飛んでいってしまった。

「こっちに来い、ってことなの？」

わたしは、ムカデの動きをそう受けとった。

あっちにいけ、という感じじゃない。わたしを導いているように見える。

――ムカデは、なにか教えてくれようとしている。

「わかった。そっちに行ってみるね。ありがとう」

ムカデの尾に向かってお礼を言うと、大きな尾が左右に揺れた。


商店街を脱け出した先も、さまよう影でいっぱいだった。

あの盛り塩の効果があるのは、商店街の中だけみたい。それでもわたしは、必死にムカデが教えてくれた方向へと急いだ。

辿り着いたのは、ネックレスの女の人がいたところとはまた別の林だった。道は林に向かってまっすぐ伸びているだけで、他の道はなく、その一本道の先にも林が広がるばかりで、他にはなにもなかった。

先ほどまで出ていた月は雲に隠れてしまい、懐中電灯がもたらすわずかな灯りだけを頼りに林の中を進むのは、夜に慣れてきたわたしでも勇気がいる。

「本当に、こっちで合ってるの……?」

わたしは夜空に向かって問いかける。でももうムカデは、姿も形もない。神社に帰ってしまったらしい。

ここからは自分で行け、ってことかな。

もしそうだとしたら、怖くても頑張って先に進まなきゃ。

わたしは懐中電灯の光だけを頼りに、林の中に足を踏み入れる。

途中でぐらぐら動きながら追いかけてくる、岩の『群れ』に出くわしたけど、木の陰に隠れてやり過ごした。捕まったら押し潰されちゃうのか、嚙み殺されちゃうのか。どっちにしても、楽しい気分にはしてくれなさそう。

先を急ぐと、お墓がたくさんある霊園に出た。お昼でも一人で来たらそわそわしてしまうような場所。夜に一人で訪れてしまったものだから、不安でたまらない。

迷路のように立ち並ぶお墓の脇を通っていくと、丸い影がどこからともなく近づいてくる。大きな一つ目のような見た目だったのに、近くまで来ると歯が生え揃った入れ歯のような形に変わる。ガチガチ歯を鳴らして飛び交う影をやりすごしながら、この影はお腹が減ってたまらないまま、死んでしまったナニカなのかな、とわたしは考えた。

崖の下で女の人の死体を見てから、なんだか想像力がたくましくなっている気がする。

なんとかお墓を通り抜けることはできたけど、これからはお昼のお墓参りでも、イヤな想像で気が抜けなくなりそうだ。

線路を越えて、ざわめく林の奥へ、なにを目指しているのかわからないまま、けもの道をとぼとぼと歩く。

なにがあるのかな。

ムカデはわたしに、なにを見せたかったのかな。

お姉ちゃんはあのムカデのことを知っているのかな。

お姉ちゃんを見つけて、いっぱいご飯を食べてお風呂に入って、ずっと使ってる二段ベッドで二人でぐっすり寝たら、たくさん昔のお話を聞こう。

あんまり覚えていないお母さんのお話とか、もう電話の声しか聞いてないような気がするお父さんのお話も。

それに、ポロを拾ったときのお話も。

まだたいして時間は経ってないのに、もう何日も人と会話をしていない気がする。

——わたし、ちゃんと喋れるかな。

そんなことを考えていたら、どこからか、

「わん」

と、小さな犬の鳴き声が聞こえた。

林の向こうからだ。

——また、さっき見た、人の顔をした犬がいるのかな？

わたしの心は、すぐには動かない。期待して違うものだったら、余計に傷ついてしまう。

疲れで空耳を聞いてしまったのかもしれないし。

冷静になろうとしたわたしの耳にもう一度。

「わんっ」

と、鳴き声が聞こえた。

違う、空耳じゃない。近くにいる。

「わんわん！」

ポロだ。今度こそ、ポロの声だ。

——見つけなきゃ。

わたしが、ポロを見つけてあげなきゃ。

わたしは、走る。

伸びた草で、手の甲がこすれて痛い。

痛いけど、走る。

鳴き声が近づいてきたかと思うと、遠ざかる。

いやだ、今度こそ、逃がさない。

いなかったとしても、追いつかなきゃ。

「ポロ！」

名前を呼ぶと、わん、と返事が来る。

絶対にポロだ。ポロに決まっている。ムカデは、わたしがポロを探していることを知っていて、ポロの居場所を教えてくれたんだ。

「ポロ……ポロ……！」

わたしはポロの名前を呼び続けながら走る。

早くポロの元へ。そう焦る気持ちを嘲笑《あざわら》うように、大きなナニカが転がり出てきて道を塞ぐ。なんだろう。目をこらすと、向こうと目があった。

巨大な目玉の形をしたナニカたちは、縦横無尽にごろごろと転がり、こちらを見ていた。

目玉たちに気を取られて足がもつれそうになる。それでも足を前に動かし続ける。

立ち止まってしまったら、もうポロには追いつけないような気がした。

目玉たちはスピードを落とさずに走って向かってくるわたしをしばらく見つめていたけど、やがてぐるりとその体を反転させ、中央が真横に裂けたような巨大な口を開けた。まるで、威嚇《いかく》しているみたい。

それでも、わたしは止まらない。止まってなんか、あげない。

目玉たちの間、わずかな隙間を一気に駆け抜けた。

何度も木にぶつかって、石につまづいて転びそうになりながらも、わたしは走った。

突然、視界が開けた。

懐中電灯を向けてみると、そこにはきれいなお花が木々の間にたくさん咲いていて——。

——お花の、脇で。

ポロが眠っていた。

首輪のないポロが、ぴくりとも動かずに、地面の上で、くたりと横たわっていた。

本物。本物のポロ。

人間の顔なんてついてない、わたしとお姉ちゃんがずっと可愛がっていたポロ。

やっと会えた。

「会いたかったよ、ポロ」

わたしは眠っているポロに駆け寄り、ひざまずく。

いつもならわたしの匂いに気づいて飛び起きてくるポロが、まったく動かない。息ひとつ乱さない。

寝息ひとつ――聞こえない。

「ポロ、起きて」

わたしはポロの体をそっと揺らす。ぬるっとしたものが手に絡みついてきた。臭いを嗅いでみて、ポロのお腹から溢れている血だと気づいた。

「ポロ、帰ろう」

お願いだから、一緒に帰ろう。

帰って、前みたいに遊ぼう。

ポロの体にすがって、わたしは願う。だけど返事はない。

ポロはもう、わたしの匂いに気づかない。

わたしはもう、永遠にポロの散歩をしてあげられない。

「……ごめんね」

ぽつりと出てきたのは、謝罪の言葉。

わたしはわかっていたし、知っていた。

ポロがこんなことになってしまったのは、わたしのせい。

あのとき、ポロに小石を投げてあげた瞬間――。

道の向こうから突っ込んできたトラックに、わたしは気づけなかった。

最初は大きな動物かな、と思った。けどあんな動物がいるわけない。

そんな言い訳が通じないことなんてわかってるけど――想像もできなかった。

ポロの体は一瞬で車の影に飲みこまれて、恐怖で目を閉じてしまったわたしが強く握り締めていた首輪のリードは、衝撃で千切れた。

そのままわたしは弾き飛ばされて、ポロは。

投げ出されたポロの体はフェンスを飛び越えて、崖の下に。この林道に落っこちて、見えなくなった。

わたしは、見なかったことにした。

ポロが目の前から消えたことに、心の整理が追いつかなかった。

――違う。

そんな、もっともらしい理由じゃない。

わたしは、ポロが死んだことを認めるのが怖かったんだ。

ポロが死んだことをお姉ちゃんに話すのが怖かったんだ。

――わたしはその一瞬で、ポロに起こったことを理解していたのに。

これ以上のものを失うのが怖くて。信じられなくて。恐ろしくて。見たくなくて。わかりたくなくて。目の前で起きたことを、思い出したくなかった。

わたしのせいだ。

わたしのせいで、お姉ちゃんはポロを探しに、夜の町に出かけてしまった。

わたしがポロを守れていたら。

「ごめんね、ポロ」

わたしは謝り続ける。

すぐに捜してあげられなくて、ごめんね。隠そうとしてごめんね。助けてあげられなくてごめんね。

家族だったのに。

わたしをずっと守ってくれたのに。

――ポロ、ごめんね。

心の中でも言葉でもポロに謝っていたら、ぽたり、とポロのかたくなった体に水滴が落ちた。

わたしの涙だった。

夜の町を歩きはじめてから、どんなに怖い目にあっても耐えていた涙が、ぼろぼろと流れて溢れてくる。

止まらない。いくら手で押さえようとも、とめどなく流れてくる。こんなところでめそめそ泣いていたら、よまわりさんがやってくるかもしれない。それでもわたしは、泣くのをやめられなかった。

「ポロ、ポロ……」

何度もポロの名前を呼びながら、わたしは涙が涸《か》れるのを待った。

謝り続けていたらポロが応えてくれるかも。そんな淡くて都合のいい希望がすべて夜風に流されて消えるまで、わたしは泣き続けた。

どれぐらいの時間が経っただろう。

わたしはヒリヒリするまぶたをなんとか開きながら、ポロに簡単なお墓を作ってあげた。

土を掘って、そこにポロを埋めて、小さな石を重ねただけ。町から離れた小さな空き地だから、誰かに叱られたり、荒らされたりすることもないと思う。

最後に林の脇に生えていた花を摘んでお供えして、ポロのお墓に祈った。

こんなことでポロが許してくれるとは思わない。

それでもわたしは、逃げないと決めた。自分のせいで失われた命からも、これから起こることからも。

崖の下にいた女の人もそうだったように、ポロもそうだったように、生きているものはいつか死んでしまう。

誰も逃げられない。

お母さんが死んでしまったのはもうずいぶん前のことだから、ほとんど覚えていないけど——お姉ちゃんなら、きっとわかっている。一人で死ぬことはとても辛くてさみしいことで、残された人間もとても辛くてさみしいんだ。

もし、わたしが見ていない場所でお姉ちゃんが死んでしまって、二度とお姉ちゃんと会えなくなるとしたら。

わたしは耐えられないし、なによりお姉ちゃんも、ひとりぼっちでさみしいはずだ。

——お姉ちゃんをひとりにしてたまるもんか。

わたしは決意する。お姉ちゃんだけは見つけ出して、助けてみせる。

目をゴシゴシと袖でぬぐって立ち上がる。

ポロに「またお墓参りに来るからね」と言い残して、わたしは林道に戻った。

脇目も振らずに今来た道を戻り、線路を歩いて越えようとした瞬間——踏み切りの音が鳴り響いた。

──こんな時間に？

線路の真上にいたわたしは、驚いて顔をあげる。

ほんの十数メートル先まで、電車が迫っていた。そんなはずがない。こんな時間に、しかもこんな一瞬で電車がやってくるなんて、あり得ない。でも、電車のライトは確かにわたしのほうを照らし、猛スピードで向かってくる。

わたしは、線路の脇に飛び出す余裕すらなかった。

だめ──せっかくお姉ちゃんを助ける覚悟ができたのに、こんなところで。

すくみあがりそうなわたしの耳に、

「わんっ！」

鳴き声が聞こえた。

「ポロ……⁉」

ポロの声だ。大丈夫、と言っているように聞こえた。わたしは祈るような気持ちで、その声を信じる。

線路の上で、目を閉じる。

──こんなところに、電車が来るはずがないんだ。これは、本物じゃない。

心を強く持ってそう念じていたら、わたしの体を音だけが通りすぎていった。

目を開けると、電車は影も形もなかった。わたしを驚かせたいだけの、まぼろしみたいな電車だったようだ。下手に逃げようとしたら、大変なことになっていたのかもしれない。

ポロはまだ、わたしの近くで、守ってくれているのかな。

——そうだと、うれしいな。

見つかるわけないとわかっているけど、辺りを見回してしまう。

もちろんポロの姿はない。

さっき自分でお墓に埋めたんだから、当たり前。

それでも、ポロに会いたい気持ちを、抑えられない。

わたしはため息と一緒に視線を足元に落として、線路の隙間に丸い輪っかが落ちていることに気づいた。

「ポロの……首輪だ」

リードが千切れ、血がこびりついたポロの首輪が落ちている。

跳ね飛ばされたポロの首輪が、こんなところにまで飛ばされていたのだ。

痛かっただろうに。

苦しかっただろうに。

「ごめんね……」

前へ進む覚悟も決まったはずなのに、わたしの目からまた涙が溢れ出した。

きっと、どれだけの決意を持っても、ポロがわたしを許してくれても、これからもわたしはずっとポロに謝り続けるんだろう。

――受け入れて、それでも前に進まなきゃ。

泣きながらでも、前に。

迷いを捨てて歩き出したわたしは、気づけなかった。

大きく口を開いた、巨大な影――。

よまわりさんが、夜道の向こうからわたしを飲みこもうと迫っていたことに。

夜更け《よふけ》　妖

肌寒さは震えに変わってきた。

あのときは、どうだっただろう。寒かったのかも、暑かったのかも、もう思い出せない。ただどうすることもできない恐怖に、震えていた気がする。

「寒くないかい？」

コンテナの扉越しに彼の声が聞こえる。

「大丈夫です」

私は強がる。

もし弱音を吐いたら、今度はどこからか毛布かコートでも盗み出してきそうだ。

これ以上罪を重ねられては困る。

彼はさっき、神様の話をした。

神様は人間の接し方ひとつで、性格が変わるらしい。

改めて、「別に不自然な話ではないな」と、思った。

私たちだって、周りの環境が変われば気分が変わる。悪い子とは付き合うな、と親戚のおばさんにも言われた。どこからがいい子でどこからが悪い子なのか、昔の私には理解できなかったけれど、とにかく人間は常に周りの誰かに影響されて、こころころと「自分」が変わっていくものだ。

神様にだって「自分」があるのなら、それが変わることもあるだろう。

私は、神様の気持ちになって考える。

守ろうとしていた人間に忘れられてしまったり、歪んだ願い事をされ続けたら。私も——私だって、きっと、うんざりする。

そして気づかないうちに、醜《みにく》い顔をしているだろう。狭くて暗くて、誰も来てくれない場所にずっと閉じ込められたら、自分の顔を確かめることもできない。

それは今の私もそうだけど。この狭いコンテナの中にいると、自分自身が誰も好きになってくれない神様になった気さえしてくる。

小学校のときに授業か、なにかの本で読んだ、古い神様の話。家族の狼藉《ろうぜき》に耐えきれず、岩戸の中にひきこもって、世の中を真っ暗にしてしまった神様がいた。

他の神様たちは焦って、岩戸の前で踊ったり歌ったり、楽しそうに騒いでその神様の好奇心を惹《ひ》き、外に連れ出した。晴れて世界には、神様のもたらす健やかな光が戻ってきた。

それだけ偉大な神様だって、誰かがそばにいてくれないと苦しくなる。

さみしければ人は変わる。

ひきこもっていても幸せになれるというのなら、私はそっちの道を選びたいけれど、残念ながら今の世の中はそのように作られてはいない。

そして私は神様ですらないから、引きこもっていても誰も困らない。

より絶望的な状況だな、と私はこっそり苦笑する。

昔の自分だったら、この孤独に押し潰されてしまったかもしれないけれど、もう私は慣れてしまった。お母さんが守ってくれたこの命を、妹のために使うことに、今の私はなんのためらいもない。

この場所だって、はじめてではない。もっと狭くて暗い場所に引きずりこまれたことだってある。それに比べたら、どうということはない。

そういえばあのときはなぜか、よまわりさんにさらわれるのが当然のことのようにも思えたっけ。

なんでだろう。理由が思い出せない。

あの日の光景はところどころ、もやがかかっているように記憶されていて、完全には思い出せないのだ。記憶を曖昧にすることで、人は自分の心を守ることができると聞いたことがある。無意識に私も自分を守っているのかも。

ただ、あの記憶だけは強く刻まれすぎていて、消えることはない。

あの場所からお母さんを連れて逃げ出したあと、トンネルまで私は辿り着いた。

――ここを越えたら、家に帰れる。

そう思って安堵していたそのときに、背後から無数の気配が追いかけてきた。振り返った私とお母さんは、そこに『目』を見た。

トンネルの入り口を埋めつくさんばかりに浮かぶ、光のない大小様々な目。

『目』の群れ。

それが私たちをにらみながら、迫ってくる。

私は絶叫した。

あれも穢《けが》れてしまった神様の一部だったんだろうか。

誰も見てくれない代わりに、誰かを見たくてたまらなくなった神様。

世界の楽しさが見たくて――。

――でも、それが憎らしくてたまらなくて、おかしくなってしまった神様。

話なんかしても、通じるはずがない。

私はお母さんの手を引いて、必死に逃げようとした。まっ暗なトンネルの中を、光ある世界を目指して、懸命に走り抜けようとした。

だけど私は、間に合わなかった。

お母さんは——。

お母さんは『目』の群れに飲みこまれ、あっと言う間にトンネルの向こうに連れ去られてしまった。


——逃げなさい。お母さんはもう大丈夫だから。


最後に私が聞いた言葉は、お母さんの諦めの言葉だった。お母さんは闇に飲みこまれ、二度と、私たち家族の前には戻ってこなかった。

今だって、お母さんをさらったあれのことは、憎くてたまらない。だけどあれは、私たちがどうこうできるものではなかった。

今さらまっすぐあれを見てあげたところで、古《いにし》えの伝承の中の神様のように、元の姿で戻ってくることはないだろう。それぐらい、あれは禍々《まがまが》しかった。

なにもかも、手遅れだ。

ただ、あれのことを考えれば考えるほど、わいて出る疑問もある。

さっき彼にも言われたことだが——。

「よまわりさんは、本当に穢れてる、悪いモノなのかな……」

「え？」

彼から、訝《いぶか》しげな返事が返ってきた。

心の中で呟いたつもりが、口に出してしまっていたようだ。

「ごめんなさい。どうしてもわからなくなってしまって」

私は正直に告げる。

よまわりさんが、恐ろしい存在なのは確かだ。よまわりさんと出会うことが、忌《い》まわしい夜のはじまりを告げる合図となる。

子どもたちの噂でもそう言われている。

ただ。

「よまわりさんが、誰かの意思で穢れた神様だとか、そんなものだとは、どうしても思えないんです」

「へえ。君はよまわりさんの味方なのかい？」

「そういうわけじゃないですけど。恐ろしいことと、穢れていることは、別のものじゃないかっていう気がして」

「ふうん。根拠はあるの？　僕にはよまわりさんがすべての元凶だとしか、思えないんだけど……」

彼の声色はニュートラル。

反論というより、純粋な疑問のようだ。

「よまわりさんが現れることが、全然歓迎されない事態だってことは確かです。だから私も、よまわりさんが妹の前に現れることがないよう、こちらに引きつけようとしているんですけど……思い返したら、おかしなことが多かった」

「たとえば？　まさか会話が通じた、なんてことはないよね」

苦笑交じりの声色で話す彼に苛立《いらだ》ちを覚えながら「そうじゃないです」と返した。

「よまわりさんがいるときは――よまわりさんに追われているときは、他のナニカには襲われなかったんです。あんなに怖くて恐ろしいモノだらけの町だったのに、よまわりさんの周りには誰も近づかない。というか、よまわりさんを避けているようにも見えました」

私の朧気《おぼろげ》な記憶では、そうだった。

夜の町の中でもとびきり奇妙な姿をしたよまわりさんは、不気味であると同時に、孤高の存在であるように思えた。

「それは……他のヤツらがよまわりさんの邪魔をしたくないから、とかじゃなくて？」

「むしろよまわりさんが、他のナニカたちの邪魔になっているみたいでしたよ。あくまでも、私から見ての話ですけどね」

「じゃあよまわりさんは、他のヤツらとは異なる目的で君を襲ったり、さらったりしようとしてたってことか」

なんのために？

彼は呟く。

「わかりません。ただ、私やお母さんを狙っていたモノは、よまわりさんとは違う、別のナニカだったんじゃないかって思うんです」

よまわりさんに直接聞いたわけではないから、なにも言いきれるわけじゃないけれど。

「別のナニカ、か。そんなヤツがいるなんて考えもしなかったな。そうまで言うなら、君はよまわりさんの正体についてなにか予想でもついているの？」

「……それも、わかりません」

私は正直に告げる。

「よまわりさんが、私の味方だとは思いません。実際さらわれましたし、命の危険だって感じました。ただ、その恐ろしさの種類が、他のナニカと別物だというだけです」

良いモノなのか、悪いモノなのか、それすらも超越したナニカであるように、私は感じていた。

だからこそ、近づいてはいけないと思う。

理解の外側にいるモノは、猛獣も同然だ。

不用意に触れてはいけない。

「考えれば考えるほど、正解から遠ざかっているように感じるね……」

「ええ。だから私も、考えることを諦めました」

「僕は諦めないよ。よまわりさんの正体をつきとめることで、あいつの無念を晴らせると信じる」

「…………」

「君も妹のためには、そうするべきだ。無知でいれば助かるなんてこと、絶対にない」

だから君も、勇気を出すべきなんだ。

彼は厳《おごそ》かに、そう述べた。

「勇気……」

「そう、勇気だ。知るべきことを知らなければ、きっとなにも変わらないんだ。もしこのまま助かったとしても、ずっとよまわりさんや他のヤツらに脅《おび》えながら暮らしていくつもりかい？」

「それは……」

それは、イヤだけど。

でも、予兆ならすでにあった。

ポロが落ち着きなく、庭で吠えていたとき。

窓の外に、大きな目を持つ、不吉な『腕』の影を見たとき。

最近になって、行方不明事件が増えだしたと知ったとき。

そしてある日から突然痛み出して、医者に診てもらっても原因が不明だった――

この目。

私は、近いうちに直接あの『腕』に狙われるだろうことを想定していた。

ポロがいなかったら、妹よりも先に私のほうがさらわれていたんだろう。

あの『腕』は多分、私を見定めに来たのだ。

「君は覚悟ができているからいいだろうね。だけど妹さんに、どんな覚悟があるっていうんだい？　大切なペットとたった一人のお姉さんを失って、その上でその妹さんは、なにを支えに生きていくんだ」

「………………」

「残された側の苦しみは、君もわかってるだろ。だったら、もう少し慎重に行動すべきじゃないのかな」

知る勇気と、慎重な覚悟。

矛盾しているように聞こえるけど、正論ではあった。

本気で妹のことを思えば、なんとかして町を出るべきだったのだろう。その方法を考えなかったわけではない。でも結局、子どもだけで町の外に出るなんて、できるわけがない。現実的ではないからと諦めてしまった。

自分の諦めに妹を巻きこんだ、と言われれば否定できない。言い返す理由も余裕も、私にはなかった。

「今からよまわりさんについてなにか知ったところで、この状況が変わるとは思えません」

——なにかわかったら、教えてください。

私は相手に頼る。

こんな風にずっと受け身だ。

私は根本的に、卑怯《ひきょう》なのだ。

「いいや、君が信じたいっていうのなら、君が自分で答えを出さなきゃダメだ。今の君がよまわりさんに感じているのは、ただの希望的な観測だろう？　もし少しでも間違っていたら、妹がさらに恐ろしい目に遭うかもしれないじゃないか」

「…………」

「僕が調べたのは、よまわりさんについてだけじゃない。ブギーマンっていう、海外のお化けを知ってる？」

「いえ。初めて聞きました」

「ブギーマンは夜の町をさまよって子どもを襲い、さらうんだ。目的はわからないし、形もよくわからない――そういうことになっている。確かなことは、決して子どもの味方ではないってことだ」

よまわりさんと同じだろう、と彼は言った。

「似てはいますけど……」

まったく同じなのか、どうか。

「ブギーマンみたいなモノの言い伝えは、世界中に残っている。ベッドの下に現れる殺人鬼、みたいな都市伝説もこれの一種だと、僕は思っている。ものによっては、タンスの中からも現れるそうだよ」

「それは……逃げられないですね」

「ああ、逃げられない。狙われたら終わりなんだ。だから大人は、子どもがブギーマンに襲われないように、子どもたちに言い聞かせる。悪いことをしたら、ブギーマンに襲われるって。夜出歩くと、ブギーマンにさらわれるってね。よまわりさんの噂と同じだろう？」

「……そうですね。ほとんど同じです」

「まったく同じだよ。ブギーマンに襲われた子どもは、助からない。よまわりさんにさらわれた子どももだ」

君は例外なんだ、と彼は語気を強めて言った。

「どうして私だけが、例外になれたんでしょうか」

「それはわからない。でも、君は無意識に助かるための行動をとったり、助けてくれる誰かの協力を得ていたのかもしれないね。たとえば、よまわりさんの手から他のナニカが逃がしてくれた、とか」

「他のナニカ……」

たとえば、神様のような？

私が肌身離さず持っている、このお守りだとか。

「それかもしれないね。よまわりさんも、神様には手を出せないのかも」

「これだけのおかげとは思えないです。ポロも、いつもそばにいてくれたし」

恐ろしい気配を感じても、ポロが吠えたてればどこかに消えてしまう。

「へえ。つまり君は、自分以外のナニカに、何重にも守られていたってことか。だから、知る努力をしなくても、助かってきたんだ」

「………」

事実ではあるけれど、私は胸の奥をえぐられるように感じた。

そうだ。私は、自分の力で生きてきたわけじゃない。
自覚しているから、青春を捨てて生活してきた。
見知らぬ男にここまで言われる筋合いなんてない。
——ない、けれど。
「その通り……かもしれませんね」
私は、男の言葉に納得しかけていた。
母親もポロも、もういない。守ってくれる〝誰か〟はもういないのだ。
それなら外に出て、前へ向かえばいい。
いいのに。
男がいるから開けられない——だとか理由をつけて、私は結局ここに留まっている。
やらなければいけないことは理解しているのに、体はそう簡単に動かなかった。
足が震えて、座っていることさえ辛い。震えは、寒さのせいではなかった。
——怖い。
私は、行動を起こすことが怖い。
どうやら私は、まだ死ぬのが怖いみたいだ。
強い大人になんて、なれっこない。

夜廻《よまわり》

七章——丑三つ時

丑三つ時《うしみつどき》妹

夢を見た。

怪物の胃袋の中でドロドロにとかされて、それでも死ねなくて。

ノートの隅の落書きみたいにグチャグチャな姿にされて、道端に「ぺっ」と吐き出されて、そのまま永遠に夜の町をさまよう夢。

わたしは、「これはこれで気楽だな」なんてことを思って、しばらくそのままぼんやりしていた。

自分が誰かということも忘れていく不安に包まれて、わたしは影に交わり消えていく。

すると、わたしの薄れゆく意識の中に、さみしそうなお姉ちゃんの後ろ姿が現れた。

わたしは、ハッとしてお姉ちゃんの背中に手を伸ばす。

伸ばした手の輪郭が次第に定まって、カタチを得て、墨で塗りつぶした真っ暗な世界に太陽の光が差しこんでいく。

自分が自分であることを思い出して――わたしは目を覚ました。


暗闇で目覚めたわたしは、茫然《ぼうぜん》とする。

なにも見えない空間。完全な暗闇。風は感じない。

――もしかして、閉じ込められちゃったの？

そっと手を伸ばすと、冷たく固いものに触れる。

気付くとわたしは、壁を必死に叩いていた。

「出して！」

暗闇に自分の声と、壁を叩く大きな音が反響する。

手が痛い。それでも構わず叩き続けると、ふいになにかが外れる音がして、壁を叩く手が空を切った。次の瞬間、私は外へと転がり出ていた。

地面に打ちつけた膝を押さえながら、ゆっくり立ち上がる。

それから恐る恐る背後を振り返る。

そこにあったのは、お化けでもなんでもない、ひとつのコンテナだった。

コンテナの出入り口では、両開きの扉の片側が、キイキイと音をたてながら揺れていた。内側から叩いているうちに、偶然、扉が開いたみたいだ。

周りを見回してみても、ここがどこなのかわかるような目印はなかった。来たこともない、歩いたこともない場所だ。錆《さ》びた鉄の匂いがする。

建物のほうを見てみる。パイプが転がっていて、壁には大きなダクト。飾り気がないその空間には、生きものの気配がまるでしなかった。

――なにかの工場かな。

前に学校の社会科見学で行った缶詰め工場が、こんな感じだった気がする。

そういえば中に入ったことはなかったけれど、町の外れに誰も使っていない工場があったはず。他に思い当たる場所はないし、もしかしたらここがその工場なのかもしれない。

どうして自分がこんなところにいるのかはわからないけど――出口を探して、早く町に戻らなくちゃ。

目をこらすと、建物の向こうに格子つきの門が見えた。横にスライドさせて開く門みたい。ここからなら、出られるかも。

どくん。

近づいたわたしは、大きく脈打った自分の心臓の音に驚いて足を止めた。

――いる。

複数の手のような、髭《ひげ》のようなもので大きな袋を担いだ、異形のお化け――よまわりさんが、外にいる。

ここを開けても、すぐそこによまわりさんが待ち構えている。

見つめられるだけで、胸が痛む。ズキズキする。

そうだ。わたしをここに連れてきたのは、よまわりさんだ。よまわりさんが、わたしをここに閉じ込めたんだ。

「どうして、わたしを追いかけてくるの……?」

わたしは、勇気を振り絞ってよまわりさんに語りかけた。

なにも返事はない。表情も、なにひとつ変わらない。

ただ、そこに漂っている。

その不気味さに鳥肌を立てながら、よまわりさんの反応を待っていると――。

ぐりん

と、よまわりさんが裏返った。

まるで、裏返った靴下を元に戻すみたいに。

それが当たり前の姿なのだというように。

まっ黒で形がよくわからなかった、よまわりさんの外側が内に飲みこまれ――

『内側』を、外に晒したのだ。

表に現れたそれは、お肉の塊だった。

まんまるで肌色に近いピンク色の体には、這うように青い血管が浮き出ていて、大小様々なこぶのようなものが盛り上がっていて、時折ぶるんと震える。お肉のあまった赤ちゃんのような腕がいくつも無雑作《むぞうさ》に生えていて、尻尾のように細長く枝分かれした触手《しょくしゅ》も夜空に向かってうねった。

体の中心は、岩のようにごつごつして、だけどとても歯並びのいい、口そのもの。全身のお肉を真っ二つに割ったような大きさで、その口の中——なによりも真っ暗な暗黒の中心に、そこだけは前と変わらない仮面がある。あれはやっぱり、目のような役割なのかもしれない。

あまりの豹変《ひょうへん》ぶりに、呆気に取られる。

そしてひと呼吸置いて、自分の鼓動がひどく早まっていることに気がついた。

あれは——この姿は。さっきまでと明らかに違う。

よまわりさんは、ついに本気で怒りをぶつけに来たんだ。

よまわりさんは、今までわたしに対して、てかげんしてくれていたんだ。

どんな姿になっても、よまわりさんから感情というものを感じたことは一度もなかった。けど、このときのわたしはそう受け取った。

よまわりさんは、まだ動き出さない。門の向こうでピンク色の肉を震わせながら、わたしを待ち構えているんだろう。

わざとあの恐ろしい姿を晒して、わたしをおびえさせて、あの大きな口で——。

——想像するだけでも、体が震えてしまう。

わたしはよまわりさんに背を向けて、先程のコンテナのほうへ向かって駆け出した。

早くここから脱出して、お姉ちゃんを助けなきゃいけないのに、どうして邪魔をするの。

心の中で恨み言を呟きながら、わたしは敷地内をぐるぐると歩き回る。

ぼうぼうに草が生えているところを見ると、今は誰もこの工場を管理していないのかもしれない。それとわたしが入っていたコンテナ以外にもたくさんのコンテナが置いてある。いざとなったら、あれに隠れられそう。ただ、肝心の工場に入るための扉は閉ざされている。

あっちには逃げられないのかな。

それにしても——広い。

学校より広いんじゃないかな、と思えるほどに建物が大きくて、敷地が広大だ。

こんな町の外れで、こんな大きい工場を建てて、いったい誰がなにを作っていたんだろう。

想像してみたら、不安になってきた。わたしは普段食べているものがどこからやってくるのか知らない。どこでなにが作られているのか知らない。わたしの身体を形作る身近なものは、皆わたしの知らないところで作られている。

この世界は日々、わたしの知らないものが増え続けている。さながら夜の町に恐ろしいナニカたちがいたように。

それを知らなかったことがなによりも、怖い。


よまわりさんから離れ、一人で歩き回る。誰かがこちらを見ているような、つけてきているような不安に襲われる。

町でも似たような気持ちにはなったけど、物陰が多い工場では、さらに臆病《おくびょう》になってしまってるみたい。

地面に転がるなにかにちょっとつまずくたびに。風が吹いて、影がゆらゆらと揺れるたびに。びくびくと立ち止まってしまって、なかなか前に進めない。

それでもお姉ちゃんに会いたい一心で、一歩ずつ前に進んでいく。

やがて、鉄板がいくつも重なった足場が見えてきた。

――この上だったら、体の大きなよまわりさんは来られないかも。

いまにも崩れてしまいそうな足場にそっと足をかけると、自分の体重を支えてくれるかどうかも怪しいほど、ギイギイと大きな音を立てた。それでもそこを、慎重に進んでいく。しばらく進むと、建物に直結した太い配管があった。配管の先は工場の建物内に繋がっている。上を伝っていけば、中に入っていけそうだ。

つるつると滑る配管の上を、懐中電灯の心許ない光だけで進んでいく。足場は古くボロボロで、今にも崩れ落ちそう。最初は一歩一歩慎重に進んでいたけど、気づけば早足になっていた。

ここは崖と同じだ。落ちたら、いっかんの終わり。

地面を見ないように自分の足元だけを照らしながら進んでいたら、背後にどすん、と衝撃が走った。

咄嗟《とっさ》に振り向く。

——お肉の塊。

いったい、いつから追いかけてきていたのか。

よまわりさんが、わたしのすぐ背後にいた。

ひっ、と声にならない声が出る。いつの間にここまで近づかれていたんだろう。

わたしは懐中電灯を向ける間もなく、走りだす。背中がぞくぞくする。すぐそこまでよまわりさんが来ている。

もうダメ、追いつかれる。

足を止めてしまいそうになったとき、ばきっ、と下から音が聞こえた。

ぐらぐら揺れる。足をもつれさせながらもなんとか前へ進み、安定した大きな鉄板の上に辿り着いてから後ろを振り返る。

渡ってきた古い配管の繋ぎ目に、大きな亀裂《きれつ》が走っている。

気づいているのかいないのか、よまわりさんはこちらへと腕を伸ばし、じわじわと迫ってくる。

もう無理だ。これ以上は、逃げられない。

不気味に伸ばされた複数の腕が、わたしに触れようとしたそのとき、よまわりさんの体ががくん、と下がった。あ、と思う間もなく、さびた配管がけたたましい音を立ててバラバラに崩れ、よまわりさんごと落ちていった。

ホッとしたけど、もうここからは戻れない。わたしが歩いてきた足場は、すべて崩壊してしまった。前に進むしかないみたいだ。

仕方なく、そのまま大きな鉄板を辿って奥まで進むと、すぐ下に階段が見えた。

そちらに飛び移って、工場の中に入ってみる。出口は別の場所を探すしかなさそうだ。

階段と狭い足場ばかりで入り組んだ工場の中は、町以上に怪しい気配でいっぱいだった。


外では見なかった、小柄な影。

わたしと同じぐらいの子どもの影も、そこかしこで歩き回っている。

――死んでしまった子どもが、あれになったのかな。

小柄な影はわたしに気がつくと、口角を吊り上げて高らかに、無邪気な笑い声をあげて追いかけてくる。

楽しくて楽しくて仕方ないみたい。この子たちは、この楽しい地獄から抜け出せないんだ。

さみしくて泣いているのなら、誰かが手を差し伸べてくれるかもしれないのに。

――こんな風にはなりたくない。

可哀想だけど、わたしはその子たちから離れるしかなかった。

笑い声が遠のいていく。

まるでみんなの残る教室から、用事があって一人だけで帰っていくみたいな気持ちになった。

クラスから浮いてしまった子みたいに笑わず立ち止まらず歩き続けていたら、妙なものがたくさん見つかった。

それはわたしより小さな子どもが遊ぶおもちゃだったり、洋服だったり、わたしが使っているウサギのポシェットにも似た可愛いカバンだったりした。

誰かがここで、ナニカに襲われて落としたんだろうか。

もしかすると、これまでもわたし以外にもたくさんの子どもがさらわれて、連れてこられて、閉じ込められてきたのかもしれない。

この場所にさらわれてきた中で、わたしは一番の新入りだ。このままここにいたら、わたしもあの影の子どもたちと同じように、笑いながら別の子どもを襲うナニカになってしまうのかも。

――いやだ。

一刻も早く、ここから脱出しなくちゃいけない。

わたしには、やらなくちゃいけないことがあるんだから。

お姉ちゃんを探さなきゃ。あちらに取り込まれてしまう前に。

「お姉ちゃん……」

階段を降りてから、はっとする。

どうして今まで気づかなかったんだろう。

よまわりさんにさらわれて、わたしはここに来た。なら、同じようにさらわれたお姉ちゃんも、先にここに連れてこられているかも。まだ近くにいる可能性だってある。

散乱しているモノをひとつひとつ調べていこう。くまなく探せば、お姉ちゃんの足取りをきっとつかめる。

お姉ちゃんを見つけて——。

お姉ちゃんと一緒に、ポロのお墓参りにいくんだ。

どんなにお姉ちゃんに叱られても、わたしはお姉ちゃんに、起こったことを全部話す。

お姉ちゃんに嫌われてしまっても、お姉ちゃんは、わたしが助けるということだけは決めている。だからわたしはさみしくても、歩き出すことができた。

「お姉ちゃん……いるの？　いたら返事をして」

工場内でうごめくナニカたちに気づかれないように、でも、近くにお姉ちゃんがいたら聞こえるように、小声で呼びかけながら進む。

工場の中は、商店街や町中よりも、ずっと暗い。常に周りを照らしていなければ、どこからなにが現れるのか、まったく予想がつかない。特に子どもの影は、好きなだけいじめられるわたしという存在が嬉しくてたまらないみたいだ。

お姉ちゃんの持ちものがないか、見落とさないよう注意深く、入り組んだ工場の中を突き進む。

階層が入り組んでいて、鉄の階段を昇ったり下がったり、自分がどこにいるのかよくわからなくなる。行き止まりには古い日記やクレヨンまで落ちていて、まるで遊園地にある迷路のアトラクションを歩いているみたいだった。

子どもたちの影だけでなく、頭に釘の刺さった大きな影もどこからか現れ、ついてくる。視界の悪い工場の中を、さまよっている大きな影は物凄く不気味。それとよく似た、頭のない無数の影。

一緒にお姉ちゃんを探してくれるのなら、お話だってしてあげるのに。

そんなことは無理だってわかっているけれど、商店街のムカデみたいなことだって、きっとある。夜を歩く影はいいものではなさそうだけど、最初から悪いものだったとはどうしても思えなかった。危ないからこちらからは近づかないけど、あの影や「道ふさぎ」だって、望みを叶えてあげれば、こちらを助けてくれるのかもしれない。

あれだけは――。

――あの、よまわりさんだけは。本当によくわからないけど。

突然現れて、突然襲いかかってきて。

たぶん、お姉ちゃんもさらって。

そんなことをする理由がまったくわからない。楽しそうにも見えなかった。特に、さっきの「裏返った」よまわりさんは、ただただ恐ろしかった。

怒っているようにも見えたけど、怒る心を持っているかどうかも本当のところ、よくわからない。

そこまで、子どもが嫌いなのかな。

ここにいる子どもたちと、なにか関係あるのかな。よまわりさんが、子どもたちをあんな風にしちゃったのかな。

そうだとしたら、わたしはよまわりさんを絶対に好きにはなれない。

――大嫌い。

わたしは、よまわりさんが大嫌いだ。もしお姉ちゃんを、ここにいる子どもたちと同じようにしてしまったなら、わたしは絶対によまわりさんを許さない。

ふつふつと、わたしの中に怒りがわいてきた。

その怒りが、よまわりさんに届いてしまったのかもしれない。

懐中電灯を向けた先――配管に囲まれた暗がりの向こうに、ぶよぶよした肉の塊がうごめいている。

赤ん坊のような腕で、ずりずりと地面をひっかきながら近づいてくる。

よまわりさんは、すでに工場の奥でわたしを待ち構えていた。

先ほど高い所から落ちたはずなのに、どうやってここまで移動したのか。ケガをしている様子はない。先回りに成功して喜ぶ様子も、わたしを笑う様子もない。やっぱり、心があるようには思えない。山で見つけたカマキリだって、もっと感情豊かな目をしていたように思う。

わたしは負けじとにらみつける。

よまわりさんは、なんにも感じていないようだ。

次の瞬間には、醜い体をくねらせながら、その大きさからは信じられないほどのスピードで迫ってきた。巨体が暗がりを押し退けて突っこんでくる。

――食べられる！

わたしは、今夜何度目かわからない悲鳴をあげる。

よまわりさんとは、お話だってできそうにないし、なにを考えているのかわからない。お願いを聞いてあげることもできない。

だから逃げるしかない。絶対に捕まってなんかあげない。

わたしは来た道を全力で駆け戻る。

これまでと同じように、よまわりさんが暴れ回る場所には他のナニカも近づいてこない。こちらが一生懸命走っても、よまわりさんのスピードの方が上回っているのか、だんだんと距離を縮められていく。

――このままじゃ、だめだ！

わたしは慌てて、工場内の階段に飛びつき駆け下りる。さすがに高いところから低いところに移動するときは、よまわりさんも動きが鈍くなるみたいだ。赤ん坊のような腕が、段差に苦戦している。

手間取っているよまわりさんに向かって、わたしは下から叫ぶ。

「お姉ちゃんと会えたら、ちゃんとおうちに帰るから。だから、もうこれ以上追いかけてこないで！」

説得なんか通じない相手だとは思うけど、ダメでモトモト。

だけど、よまわりさんには逆効果だったようだ。

わたしの言葉を聞いたよまわりさんの口が、より大きく、裂けるように開かれる。肉の塊のような体に這う血管も、先程までよりも太く盛り上がっているように見える。

会話は成立していないけれど、断わられたことは理解できた。

――なんで？

「なんでそんなに、怒るの？　わたしが、それともお姉ちゃんが、怒らせるようなことをしたの？」

聞いたところで、答えなんて返ってこないだろう。

よまわりさんが、ようやく上から降りてきた。開いたり閉じたりする口を眺めてから、わたしは再び駆け出す。

足場の悪さに苦戦するなかで、ふと思いついたことがあった。

状況は、よまわりさんも同じだ。あんな体で勢いもあるけれど、階段の段差には苦戦している。

だったら――。

だったら。よまわりさんを『事故』に遭わせればいい。

わたしは猛然《もうぜん》と襲ってくるよまわりさんから、めちゃくちゃな道順で逃げながらも、視界に注意する。小さな柵《さく》しかない、階段の踊り場が見えた。

あそこしかない。

わたしは一直線に走った。よまわりさんも、一直線に追いかけてくる。

もう少し――。

あと少しで、追いつかれる。ギリギリまで引きつける。

瞬間。わたしは全身をバネにして真横に転がった。

大きな塊が闇を突き抜け、ばたばたと鉄の床を踏み鳴らし――。

――真っ逆さまに落ちていく。

暗がりの中で大きく開かれる、肉に刻まれた口。

踊り場の柵は、脹《ふく》れ上がったよまわりさんの体を堰《せ》き止めきれなかった。

あの捉えどころのないよまわりさんにも、『重さ』はあったみたいだ。


落ちていくよまわりさんを見つめながら、わたしはぐったりとその場に座りこんでしまった。手に力が入らない。足もがくがくと震えている。全身汗だくだ。

――助かった、のかな。

汗がひき、夜の寒さを思い出すころ、わたしはようやく立ち上がることができた。

踊り場の縁に立って、そっと地面を覗きこむ。

階段の下、壊れた電柱の灯りの下。

よまわりさんは、串刺しになっていた。

そこには折れた鉄柱が放置されていたらしい。自分の全体重を乗せて落下したよまわりさんはそれを避けられず、貫かれてしまったのだ。触手が、お肉が、ピクピクと苦しそうに震えている。わたしをにらんでいた目も、潰れてしまっていた。

よまわりさんの赤ん坊のような手が、母親を求めるように伸びている。

胸が痛んだ。

——おかしい。

よまわりさんなんて、大嫌いだったはずなのに。

怖くて仕方なかったはずなのに——こんなに苦しそうにされると、なにかしてあげなきゃ、という気持ちになってしまう。

わたしはうっかり「ごめんね」と言いかける。

お話ができたら、こんなことにはならなかったかもしれない。

ずきずき、胸が痛む。

せめてお姉ちゃんのことだけは聞きたかったんだけど——。

どうしよう。

困っていたら、背後からガサリと音が聞こえた。

ハッと振り向くと、走り去る影が見えた。

白い目がついた、見覚えのある『腕』。

ムカデが守っていた商店街で、盛り塩を崩していた『腕』だ。

——塩を戻したわたしを、怒ってるのかな?

それで、追いかけてきたのかな。

わたしは懐中電灯を向けて、そろそろと様子を見に行く。けど、もう影は見えない。懐中電灯で周囲を照らしてみたら、きらり、となにかが光を反射した。

――コンテナがある。

ボロボロで、扉が開いている。その中に、なにかが――。

ある、と思った瞬間、小さな腕が二本、飛び出してきた。驚きながらもとっさに避けると、腕はそのままどこかへ行ってしまった。

なんだったんだろう。

コンテナの奥にはもう、なにもない。

――ん？

違う、なにかある。なにかが中に落ちている。わたしは懐中電灯で、コンテナの奥を照らしてみた。

ふるい、おまもりだ。

袋の糸がほつれた、ボロボロのお守り。

「これって……」

わたしは息を飲んだ。

このお守りには、見覚えがある。

「お姉ちゃんのお守り……！」
お姉ちゃんと一緒に、あのムカデの神社にお参りに行ったときに買ったお守り。
お姉ちゃんが、肌身離さず持っていたお守りだ。
これがここにあるということは——まさか。
「やっぱり、お姉ちゃんはここにいたの……？」
わたしは答えを求めるように、鉄の柱を振り仰《あお》ぐ。
よまわりさんの姿は——消えてしまっていた。
あんなに弱っていたのに、いつの間に移動したのだろう。
まだ、諦めてくれないのか。
また襲ってくるのだろうか。
でも——今は、少しでも早くここから逃げないと。
きっとここにはもう、お姉ちゃんはいないから。

よまわりさんが刺さっていた場所にゆっくり近づくと、一枚の紙が落ちていた。
羽根のようなそれを、わたしは懐中電灯で照らす。
紙には、真っ黒なクレヨンでこう書かれていた。

『さらわれたひとは
トンネルのむこうがわで、いけにえになる』

『さらわれたひとは
トンネルのむこうがわで、いけにえになる』

私は、コンテナの中で拾ったクレヨンで、メモ帳に書き殴る。灯りがないので、大きく、妹でも読めるように漢字は使わず、力強く。

もし私になにかあったとしても、妹がこれを見たら家に帰ってくれるだろう。もう一枚のメモ帳に『いけにえにされるまえに、にげて』と書こうとしていたら、

「君はここで、よまわりさんを見たかい？」

すきま風に乗って、男の言葉が入りこんできた。

「…………」

「僕はこの廃工場で君に出会うまで、なにも見ていない。だとすれば、よまわりさんは、今はもう別の場所にいるんじゃないのか？　たとえば——君の妹のところ

に」

クレヨンを動かす手が止まる。

「ここにいたら、確かめられない。君は本当に、それでいいのか」

見ず知らずの男が、どうしてここまで私に熱心に働きかけるんだろうか。疑問には思うけれど、理解はできる。

恋人が死んだ理由を必死に探している男にとって、なんだかんだと理由をつけて一か所に留まり続ける私は、その存在自体がもどかしいんだろう。

ベストだと信じた自分の行動は——間違いだったのだろうか。

どこから歪んでいたんだろう。

お母さんが帰ってこなかったあのときからか。

よまわりさんを見つけてしまったあのときからか。

それとも、私が産まれる前から、この町が間違っているのか。

私がなんとかできた運命なんて、ただのひとつもない。

「これ以上、どうしろと言うんですか」

私は言葉を漏らす。

「それが君の本音かい」

「妹は大好きです。ポロも好き。いつまでも一緒にいたい。お母さんだって、今もずっとずっと大好き。でも……でも、体が動かない。妹を助けるために、今すぐここから出て、よまわりさんを見張らなくちゃいけないのに……怖くて、動けない」

今までずっと恐怖から目をそらして、なんとか動いてきた。

ポロを探すために。妹を家に安全に帰すために。やれることはすべてやろうと思ったし、今でもその気持ちは変わらない。

——でも。

一度、恐怖の淵《ふち》を覗いてしまったら。

自分の中の恐怖を認めてしまったら。

動けなくなった。

必死にお守りを握り締めるだけだった。

あの日——私は、どうしてお守りを買ったんだっけ。

「一緒に助かろうとしたんだろう」

男が厳かに言う。

その通りだ。諦めきれずに、少しでも妹やポロとの未来を生き抜いてやるために、私はお守りを買ったんだ。自分の生活や、家族を、なんとかして守りたかった。みんなで一緒に、助かりたかった。

「私にもまだ、できることがあるんでしょうか」

「それを判断するためにも、行動しなきゃ」

説得というよりも、励まされている。

苦笑しながら、私はもうその気になっていた。

「……わかりました。貴方を信じて、妹を探しに行きます。だから、あなたも」

自分のために、行動してください。

激励《げきれい》の言葉のつもりだったが、その声は情けなく震えてしまっていた。

「そうだね、ここでお別れだ。最後に顔くらい見せてくれてもいいんじゃない？」

男は私の震えた声を茶化すようなことはせず、ただ優しく促した。

思えば、お母さんを失ってから本心と向き合ったのは、これがはじめてかもしれない。

誰かに――誰にも。

そう、お父さんにすら吐き出せなかった、本当の気持ち。

奥底に眠っていた恐怖と、希望に向き合ったからこそ、また立ち上がることができた。

妹を助けるために、やれることをすべてやろうと、再び強く思うことができた。

この男の、おかげなんだろう。

お守りを握り締めたまま、コンテナの扉を押さえていたつっかえ棒に手をかける。

――待っててね。

妹の満面の笑顔が、頭に浮かぶ。

妹の安らかな寝顔が、頭に浮かぶ。

今からお姉ちゃんが助けに行くから。

――なにも心配はいらないいんだからね。

仄かな光が照らす外の世界、足を踏み出した私の耳に入ってきたのは、

「わん!」

ポロの鳴き声だった。

「えっ?」

あり得ない。私は全身を硬直させる。

なぜって、その鳴き声は――背中から聞こえたから。

今まで私がいたコンテナの中から、ポロの声が聞こえた。

「ポロ……?」

そんなはずがない。理屈がおかしい。

自分一人が横たわるので精一杯の広さしかないこのコンテナの中に、ポロが隠れるスペースなんてない。

当惑しているとさらに、

「わんっ！」

今度は、はるか遠くからポロの声が聞こえた。

——本当に、ポロなの？

この近くにいるの？

私を呼んでるの、ポロ？

「わんわんっ！」

ポロの声が遠ざかっていく。

「待って、ポロ！」

私はコンテナの外に飛び出して、ポロの声を追いかけようとする。

闇の先に手を伸ばした私の腕が、
ガシッ！

と、横から掴まれた。

「っ⁉」

男の人の大きな手が、私の手首を握り締めている。

ギリギリと万力《まんりき》のような力をこめて、その指が私の体に食いこんでいく。

「逃げるなって……自分のやるべきことから……」

ぞっとするような低い声が、耳元で囁《ささや》かれる。生ぬるい、腐臭のする吐息が鼻にかかる。

「あ……貴方……」

彼だ。

今まで私を説得してくれていたあの男が私を摑み、私をにらんでいる。

にらんでいる、というのは正確ではないかもしれない。あまりにも胡乱なその視線は、キョロキョロめまぐるしく虚空を泳いでいて、私を中心に捉えていない。

服装もヨレヨレのワイシャツと泥まみれの安っぽいスラックス。髪の毛もボサボサで、何日もお風呂に入っていないみたいだ。

強く健やかな言葉で、私の心を奮い立たせてくれた人間と同じ人物だとは思えない。イメージが重ならないのに、声は同じ。それがなおさら不気味さを際立たせている。

「ああ、それだね……見つけた……見つけた、見つけた……それだよ……それだ、それだ、それだ……」

視線をあちこちに彷徨《さまよ》わせながら、男は私の手首を摑んでいたほうとは別の手で、私の拳をこじ開けようとしてきた。

「や、やめっ……」

私は男の腕を振り払おうと、懸命に体をよじる。でも年上の男性の力に抵抗するなんて、到底不可能だった。

男は、固く握り締めていた私の指を一本ずつ、強引に広げていく。爪が指の肉に食いこんで、激痛が走る。

「そうだ。これだ」

男はぼそりと呟いて、こじ開けた私の手のひらから、私が握り締めていたお守りを奪いとった。

「返して！」

私は飛びかかって取り返そうとする。

だけど男は茫漠《ぼうばく》とした表情からは信じられないような素早い身のこなしで、私の手をかわす。

「これ……これなんだよ。こういうのがあるから、あいつみたいに簡単にはいかなくて……あいつみたいに」

男はお守りを見つめながら、ぶつぶつとわけのわからないことを呟きはじめた。

「あいつって……？」

誰のことを言っているの？

「あいつも苦労はしたんだ……でも、まだ見つかってないはずだし、なんとかなる。なんとかなるさ……」

今度は、へらへらと笑い出した。

あまりにも不潔で、あまりにも身勝手な笑顔に、私は吐き気を覚える。

こんな男に、私はあれだけ責められていたのか。こんな男の言葉に、あれほどまでに励まされてしまったのか。

今さら私の決意が揺らぐわけではないけど、とても腹立たしかった。

「貴方、なにを言っているの……？　恋人を、よまわりさんに奪われたんじゃなかったの⁉」

怒りに身を任せて叫んだ。けれども、男が私の恫喝《どうかつ》に脅える様子はまったくない。

それどころか、ぽかんとしている。

「恋人……ああ、うん。恋人。そう。なんていうかさ、いつの間にか付き合うことになっててさ……正直、重くてちょっと邪魔でさ。困ってたんだ。勝手に交通事故かなんかで死んでくれないかなってさ」

「…………」

自分の顔が強《こわ》ばるのを感じる。

感情のこもっていない人間の声と言葉が、こうも苛立たしいものだなんて。

「そしたらさ……『声』が聞こえて」

「声？」

「うん。『ころしていい』って。大丈夫だから、って……だから」

だから殺した。

淡々と、レストランで注文するように彼は言った。

肌が総毛立つ。よまわりさんにさらわれたときのほうが、まだマシだと思えるほどの不快感。

「人を殺したの……⁉」

口にするのも忌まわしい。

夜に住むナニカでもない、生身の人間が、人の命を奪うなんて——私には、信じられなかった。

私の前に、殺人犯がいる。

「人殺し……そうか、うん。そういうことになるのか……これはまずいな、捕まったら大変じゃないか……」

奇妙な表情で、男はうろたえはじめる。

半分は笑いながら、もう半分は悲しそうに歪んでいる。

——支離滅裂《しりめつれつ》だ。

　さっきまでの冷静な男はどこにいったんだろう？

　演技だったにしても、ここまで理性が崩れるものなんだろうか。

「しょうがないさ……だって大丈夫って言われたんだもの。ざっくざくにして突き落とせばいいって、思ったんだ。隠しておいてやるって。彼女のことだって、殺すつもりはなかったんだよなあ……本当に、なんでだろうなあ。なんであんな声が聞こえたんだろう、でも聞こえたんだからやっぱり仕方ない。仕方ないんだよ、これは」

　男は私の目を見ずに語り続ける。もはやそれは独白だった。私に聞かせようという意思をまったく感じない。

「この町に来るまで、殺そうだなんて思わなかったのに……なあ、僕だって被害者だと思わないか？　殺すつもりがなかったのに殺してしまった人間は無実だよ、そうだろ？　君だって……そうなんだろ？」

「貴方と私は、一緒じゃない！　貴方、どうかしてる……！」

　私の言葉は彼ではなく、彼が聞いたという『声』に向けられている。

「そうかな？　わからないや。でも、うん、これは、邪魔だったんだよ」

　お守りを握りつぶしながら、男が何度もうなずく。

「この町には神がいる――町を見下ろし続けたあの山に、今でもいる。だから、僕が……ふふ、僕がこうして……」

理知的な昔話は、再び曖昧模糊《あいまいもこ》な呟きに戻る。

なにかが男の心を支配——いや、彼の心に介入している。

「そのお守りも、邪魔だから奪ったということ？」

彼の手に握られたお守りを見つめて、私は尋ねる。あの子と私を生かしてくれたものがあるとすれば、あのお守りとポロだ。

今なら自分の心がわかる。

私だって本当はずっと助かりたかった。だから、自分たちを助けてくれるものを私は無意識に探して、身の回りに置いていた。

「うん、そう。このお守り、こんなに小さくてこんなにボロボロになっても、きっちり持ち主を守ってて……僕にもこんなお守りがあったらな」

彼には——彼を動かしているナニカには、それもお見通しだったんだ。

今の私は、なににも守られていない。

——逃げなきゃ。

逃げられるかどうかわからないけど、私はもう自ら外に出てしまった。隠れる場所なんて、もうどこにもない。

私は男を見据えたまま後退《あとずさ》る。

「ああ、待っておくれよ……どこにも行かないでおくれよ、せっかく出てきたんだからもう少しそばにいてくれよ……君も彼女みたいにいなくなっちゃうのか？」

弱々しく、情けない声。

なんてカッコ悪いんだろう。

恋人もさぞ絶望して死んでいったに違いない。

「待って……待ってよ……」

彼がじりじりとにじり寄ってくる。

妹を助けなくちゃ。その想いがあるから、気を強く持てるが、それでもやっぱり怖い。

どこを見ているかわからない視線、なにを求めているのかわからない足取り。

相手がいったいなにに突き動かされているのかはわからないけれど、生身の人間に襲われるのははじめて。

それも、相手は誰かの命を奪うことに罪悪感を持っていない。

「いいもんだよ、『こっち』に足を踏み入れるのも……頭がふわふわして意識が飛んじゃうこともあるんだけどさ、ずっと安心していられるんだ。怖いのは……『あいつ』だけで」

「あいつ……？」

あいつって——誰？

「あいつは、あいつだよ。あの、邪魔で鬱陶《うっとう》しい、夜の見回り……あの夜の王様気取りさえいなければ、僕だってこんなことは」

男は雲の上を歩いているかのようにふらふらしながら、嘆く。

夜の見回りとは、もしかして——。

「よまわりさんのこと？　貴方たち、よまわりさんが怖いの？」

男がよまわりさんのことを探り、最初から敵視していたことにも、理由があるのだろうか。

男が聞こえている声の主は、よまわりさんが嫌いなのかもしれない。

そう考えてみると、辻褄《つじつま》が合う気がする。

「怖いとかじゃないけど、邪魔は邪魔なんだよなあ……だからさあ、一緒に行こうよ。大人しくついてきてくれれば食いはしないって」

男が下卑《げび》た笑いを浮かべながら、手を伸ばしてくる。

嫌悪感に体を縮めながら、私は心の片隅に巣食う、ほんの少しの汚れた願望を抑えこむ。

——逃げないほうが、楽になれるのかもしれない。

今、男と一緒に行けば、苦しい想いをせずに、この生活から解放されるのかもしれない。

――そうすれば、お母さんに会える。

甘美な誘いの言葉を、自分の心が紡《つむ》ごうとする。

ぐらつく私の背中に、またしても。

「わんわんっ！」

ポロの声。

私の気分が沈んでいるときや、私が疲れてぼんやりしているときになぐさめてくれた、ポロの鳴き声が聞こえた。

周囲を見回しても、ポロはいない。それどころか、

「……どうしたの？　なにか聞こえた？」

彼には、ポロの鳴き声が聞こえていないみたいだ。

――たぶん、ポロにはもう会えない。

本当は最初から気づいていた。生きているのであれば、放っておいても私や妹の元に帰ってきただろうから。今ごろ、どこかで眠っているんだろう。

でもここは、夜の町だから――。

ポロの声に、逢えた。

「わんっ！」

またた。鳴き声の位置が遠ざかっている。

私はとっさに、鳴き声が聞こえたほうへと足を踏み出していた。

「わんわんわんっ！」

嬉しそうなポロの鳴き声。元気に尻尾を振るポロの姿が、脳裏に浮かぶ。私の足はさらに、そちらへ近づこうとする。

「おい……逃げるなって……逃げられたら困るんだって……」

彼がうんざりした様子で、私との距離を詰めてくる。

逃げているように見えるのか。

私がポロの声を追いかけようとすることが——逃げていることになるのなら。

「ポロ、いるのね。まだ、貴方はそこにいるのね？」

私は闇に語りかけてみる。

返事はない。けど、私は確信していた。

ポロはまだ、私を守ろうとしてくれている。恐ろしい相手を前にして、自分の体を失ってまでも——。

鳴き声だけになっても、私たちから離れないでいてくれる。

男のいる側にどこかで惹かれはじめてしまっている私を、こちら側に引き留めようとしてくれている。

――私はまだ諦めるわけにはいかない。

ポロが「逃げて、家族を守れ」って言ってるんだ。

「守ってみせるよ」

これからは私が、ポロに代わって。

「わんっ」

元気のよい返事が聞こえる。こんな危険なときなのに、笑みが零れてしまう。

私の気持ちの変化に気づいたのか、男が舌打ちした。

「守れるかよ……この町にいて、逃げられるわけがないんだ。逃げる意味もないんだ。従っておけば楽になれ……」

支離滅裂なことを語り続けていた男の言葉が、途切れた。

怪訝に思いながら、私は彼の顔を見遣る。男の胡乱だった視線が、ひとつの方向へ絞られていた。

「お……お前は……」

わなわなと震えながら、男は私の背後を見ている。

ただならぬ気配を感じて、私も振り返る。

――すくみあがった。

真後ろに、大きな袋が見えた。

うねる触手、異形の体、大きな一つ目。夜を見回る、出会ってはならないナニカ。

よまわりさんが、男の顔と、私の顔を見比べている。

――いつの間に、こんな近くまで。

「こ、こっちに来るな……ぼ、僕にはこの、お守りがあるんだぞ」

私から奪ったお守りをかざして、男が虚勢を張っている。あれだけ不安定でなにも怖くなさそうだったのに、よまわりさんのことはやっぱり、怖いんだ。

よまわりさんはお守りを一瞥《いちべつ》して、さらに私のほうを向く。

ポロの鳴き声は、もう聞こえない。町をさまよう他のナニカと同じように、よまわりさんが出てきたら、ポロも出てこれないのかもしれない。

誰も後押しはしてくれない。

だけど、私は毅然《きぜん》と立ち向かい、

「妹と一緒に帰りたいだけなの。お願い、見逃して」

懇願する。

よまわりさんは答えない。なにを考えているのかわからない目で、触手をうねらせながら、私の顔を眺めているだけだ。

――どうする？

よまわりさんと、男。まずはどちらから逃げればいい？

「僕にはこの声がついてるんだ……い、今の僕は、なんだって……犬コロだろうと、あの子どもだろうと、なんだってこの手で……」

恐慌《きょうこう》状態で語る彼に、私は怒りを覚える。

こんな男に私の家族を奪わせるものか。私は彼をにらもうとした。

だけどよまわりさんは私よりも先に、男をにらんでいた。

そして、いきなり、
ぐるん
と、裏返った。

「!?」

男が動転した。無理もない。

赤ん坊のような手を持つ肉の塊、巨大な口に並ぶ歯、その中からこちらを見つめてくる瞳。

私もお母さんを探していたときに、一度だけ見た。

あのとき私は、自分がよまわりさんの逆鱗《げきりん》に触れたんだと思った。どうやって逃げのびたのかは覚えていないが、とにかく必死に逃げた記憶だけが残っている。

「うう……うううぅっ」

男はお守りをかざしたまま、後退る。

肉のカタマリと化したよまわりさんは、男のお守りを見上げて――。

一瞬の内に、男の前まで足を進めた。

その巨体からは信じられないスピードに、男は驚く余裕すらない。

よまわりさんの口が、体が裂けてしまうほど大きく開かれる。


「やめ……」

言いかけた男は、その言葉ごと――そして、私のお守りごと、よまわりさんに飲みこまれた。

よまわりさんが裏返った巨体のままで、私のほうへ向き直る。

目が合う。

――私も？

私も、飲みこもうとしているの？

「貴方はなんなの……？　なにがしたくて、なにが欲しくて、町をさまよっているの？」

ブギーマンのように、子どもを驚かせてさらうことが目的の怪物なのか、それとも別のナニカなのか。

説明が欲しい。

敵か味方かを教えてくれないと、私はなにもできない。

ひとつだけ、わかっていることがあるとすれば。

「貴方はお母さんを奪った『あれ』にとっても、邪魔な存在なのね？」

禍々《まがまが》しい『声』を聞き、人を殺したというあの男は、よまわりさんを恐れていた。

そしてよまわりさんは、子どもである私の前を素通りし、男を先に飲みこんだ。

『声』と、お母さんを奪った『あれ』が同じものなのかはわからない。

けれど、生きている人間を奪うナニカたちは、きっとよまわりさんを恐れている。

恐ろしい存在であるのは確かだけど、もし、よまわりさんをなんとか味方につけることができたなら。

――『あれ』から、逃れられる希望が見えるかもしれない。

私は、とても人間に好意的とは思えない肉の塊に、なんとか自分の意思と祈りを伝えてみよう、と思った。

「よまわりさん。貴方が何者でもいい。私は、ただ妹と一緒に帰りたいだけ――もし、この言葉が伝わるなら、どうか妹を助けて」

妹をさらってでも、妹を助けて。

よまわりさんは、なにも答えない。無為な目が私を見つめる。

――やっぱり、駄目なの？

惑っていた私の視界が、突然闇に包まれた。

あれ？　と思ったときには、もう遅かった。

大きな『腕』が、私の顔を鷲掴《わしづか》みにして、別の大きな『腕』が私の足首を掴んでいた。

よまわりさんは、遠くにいる。よまわりさんとは別のナニカが、私の体を拘束《こうそく》している。

ほどなくして、私の意識に緞帳《どんちょう》が下りてきた。

微かに残った理性の奥に、何者かの声が響いてくる。


あんしんしていいよ。


矛盾した、意味のわからない――だけど、心が安らかになってしまうような。

禁断の声だった。

夜廻《よまわり》

八章——明け方

明け方

あけがた

妹

工場からなんとか脱出できたわたしは、ポロと最後に歩いた山道を目指した。

工場で拾ったメモが正しいかどうかなんて、わたしは知らない。もうなにが正しいか、間違っているかなんて、わたしには関係なかった。

お姉ちゃんを助けて家に帰る、それだけ。

思い返してみたら、あの場所からすべてははじまっている。

あそこで冷たい空気を感じたときの、知らないナニカに呼ばれているような感じ。

あのときからわたしは、すでに巻きこまれていたんだ。あのときにわたしが、もっと慎重になれていたら。

ポロをひどい目にあわせてしまったのだって、ぜんぶわたしが悪い。

あそこで逃げなければ。

お姉ちゃんに、起こったことを話せていれば、ここまでひどいことにはならなかった。

わたしのせい。

わたしの責任。

——でも、きっと、やけっぱちになってもいけないんだ。

わたしは山道を進む。ポロを失った場所を訪れる。

歪んだガードレールも、地面にこびりついたままの血痕も、そのままになっている。わたしは目をそらさず、すべてを事実として受け止めながら、進んだ。

起こったことはどんなに努力を重ねたって、変えられない。

変えられるのは、この先に起こることだけ。

最後にポロと遊んだ車道を越えて辿り着いたのは、あのトンネルの入り口だ。

『さらわれたひとは
トンネルのむこうがわで、いけにえになる』

——いけにえ。

わたしもそれが、どういうものなのかは知ってる。

人間や、生きている動物の体や命を、お供えとして捧げること。昔話の中に、そんないけにえを欲しがる神様が出てきた。

お姉ちゃんもポロも、いけにえを欲しがる恐ろしいナニカに狙われてしまったのかもしれない。

町で起こっていた不思議な出来事も、全部それが原因なのだとしたら。

わたしは、自分からいけにえになりにきた、バカな女の子に見えるのかも。

自分でも、バカだとは思う。バカだけど、ここまでは来られた。

このトンネルの入り口と、向き合うことができた。

やれるところまでは、やりきらないといけないんだ。ポロとお別れするときに、そう約束したから。

トンネルへ一歩、足を踏み入れる。温度が急に変わった。冷凍庫から溢れてきたような冷たい空気が、わたしの手首や足にまとわりついてくる。

入り口から入ってすぐのところに、ゴムボールが転がっていた。わたしはそれを拾い上げ、トンネルの外へ向かって投げる。ボールは新しい遊び相手を求めるように、ころころと転がり出ていった。

わたしはボールを見送ってから、再びトンネルに向き直る。

奥に進むほど中は真っ暗で、懐中電灯が照らす範囲しか見えない。

トンネルって、ここまで暗いものだっけ。これじゃ誰も通れない。

まるで誰かが、誰も通らないように、通れないような細工をしたみたいだ。

侵入を阻《はば》もうとする誰かの気配を感じながらも歩き続けると、道の脇に小さな祠《ほこら》を見つけた。

――トンネルの中に、祠？

それも通りがかりの、中途半端な場所に。

怪しみながら、わたしは祠を覗きこむ。特におかしなところはないし、おかしな気配は感じない――と、思っていたら。

お守りが、光を放ちはじめた。

工場で見つけた、お姉ちゃんのお守りだ。お姉ちゃんの命を繋ぐもののような気がして、ギュッと握ったまま歩いてきた。そのお守りが、蛍のお尻みたいに淡く光っている。

見つめていると、ろうそくから別のろうそくへ火をうつすみたいに、お守りと同じあたたかい光が祠に灯った。

祠の周囲が明るくなる。

そこだけお日さまに照らされているみたいで、心がホッとする。

どういうリクツで光っているのかはわからないけれど、悪いものじゃないみたい。

気持ちを落ち着かせて、わたしは先へと進む。そのとき、
ずずず——。

と、なにかが動く音がした。

重く押し潰されそうな圧迫感。

空気を震わせながら、なにかが迫ってくる。わたしは振り向く。

トンネルの片側をみっちり埋めるほど大きな肉の塊が、入り口からこっちに向かってきていた。

それは工場の柱で串刺しになった後、姿を消していたよまわりさんだった。

やっぱり、まだわたしを追いかけるつもりらしい。

よまわりさんは猛然とスピードを速め、わたしを押し潰さんばかりに突っこんできた。足がすくみ、冷や汗がだらだらと額を伝っていく。

——後戻りして逃げる？　ううん、もう無理だ！

——どこかに隠れる？　そんな場所ない！

どうしよう、逃げられない——！

焦ったわたしは、冷静な判断ができず、咄嗟に目の前にある祠の、裏側に駆けこんだ。

こんな祠じゃ盾にもならない。そう思ったけど、祠が放つ光を浴びたよまわりさ

んは、電気でシビれたみたいに、その場で動けなくなっている。

どうやらお守りの光や、この光——わたしを落ち着かせてくれる光は、よまわりさんにとってイヤなものみたい。

——今のうちに逃げなくちゃ……！

わたしは動きを鈍らせたよまわりさんに背を向け、トンネルの奥を目指して駆け出す。祠の光は少しずつ弱まったらしくて、元気を取り戻したよまわりさんが再び追いかけてくる。

するとまたしても道の脇に、祠が見つかった。大急ぎでお守りを近づけると、こちらもさっきと同じように光が灯った。

このトンネルには、ポツポツと同じ間隔で祠が置かれているみたいだ。

わたしはトンネルの中に祠がある意味をなんとなく、悟った。

この祠も本当であれば、こっちとあっちを隔てて、簡単には行き来できないようにするため、誰かが用意したものなのかも。

——ムカデが商店街を、守ろうとしていたみたいに。

この町の人たちの中にも、昼の世界を守ろうとしている人がいたんだ。

昼の世界を守ろうとした誰かが。

祠の光に頼るしかないわたしは、順番に祠にお守りをかざし、よまわりさんの足を止めながら、トンネルの出口へと急ぐ。まるで鬼ごっこだ。もちろん捕まったら、鬼を交代するだけじゃすまない。

よまわりさんは、なんとしてもわたしを捕まえたいみたいで、全然勢いが衰えない。

息が上がる。今日は走ってばかりだ。

でも、遠くに出口の明かりが見えている。あそこまで行けば、なんとかなるはずだ。

わたしはさらに足を速める。

だけど、祠が見当たらない。よまわりさんはすぐ背後まで追いついてきていて、あの赤ん坊のような腕がすぐそこまで迫っている。

——ここまでなのかな。

こんなに頑張ったのに、ここで終わりなのかな。

唇を噛み締めながら、それでもわたしは進み続ける。追いつかれないように走り抜けるしかない。

最後の力を振り絞って走り続けたわたしは、出口のほうから、よまわりさんとは異なる、もうひとつの影が近づいてきているのに気づいた。

音もなく近づいてこられたので、目の前に現れるまでわからなかった。

それは『腕』だった。

商店街や廃工場で見かけた『腕』よりもはるかに大きい。

よまわりさんと同じぐらいの大きさで、手のひらを下にして、まん丸な目が手の甲にくっついていた。

前には『腕』、後ろにはよまわりさん。祠も近くにはない。

なんとか『腕』をかわせれば。わたしはとっさに身を低くして、頭を守るように両腕を頭上に掲げた。右手には、あのお守りを強く握りしめて。

そのままの格好で走り続けるわたしに、カサカサと台所に現れるゴキブリのような動きで、『腕』が近寄ってくる。

あれに捕まったら、握り潰されるんだろうか。

それとも捕まって、どこかに連れていかれるんだろうか。

いやな想像に頭を支配されながら、お守りをさらに強く握り締めると。

「え?」

よまわりさんが、わたしの横を素通りしていくのが見えた。

わたしに目もくれず、『腕』に全身で体当たりをしかけて、大きな口で『腕』に嚙みつこうとする。『腕』のほうもよまわりさんを受け止め、体当たりし返している。

次第によまわりさんと『腕』は絡みあい、もみくちゃになっていく。

──巨大なお肉と、巨大な腕が、ケンカをしている。

よまわりさんと『腕』は、仲が悪いみたいだ。ムカデと『腕』がそうだったように、お互いを好ましく思っていないのかも。

大きな人指し指と中指がよまわりさんの口をこじあけ、親指をぐりぐりと中に突っこむ。この世のものと思えない、カイジュー映画みたいな光景だった。

──そうだ、のんびりながめてなんていられない。

わたしはこのスキに、トンネルの出口へと急ぐ。

足を踏み出したとき、グリンと左目の奥になにか挟まったみたいな、変な感じがした。

目をゴシゴシこすってもその感じはとれなかったけど、今は気にしないで先に進むことにした。


トンネルの向こうは道路が途切れていて、原っぱがずうっと広がっていた。

荒れ果てている。長い間、誰も足を踏み入れなかったんだろう。

思い出そうとしても、この辺りを歩いた記憶はない。ここに来てはいけない、と誰かに禁じられたわけでもない。

誰かが忌まわしい場所としたわけではなく、怖がられたわけでもなく――。

ただ、この場所は忘れられていたんだと思う。そんな感じがする。

ふと、ムカデの神社のことを思い出す。

あそこも、もうすぐみんなに忘れられてしまうのかな。お姉ちゃんとお参りに行ったときも、他には誰もいなかった。

本当に恐ろしいのは、嫌われることよりも、忘れられることなのかもしれない。

このなにもない夜の草むらを歩いていると、自分が世界から忘れられた無用な存在だと思えてきて、とても苦しかった。

――どこまで歩いても、一人だけの世界。

これが永遠に続くとしたら、これ以上怖いことなんてない。

わたしが歩いていられるのは、この向こうに忘れてはいけない大切な人がいると信じられるからだ。

わたしは、ひたすらに歩いていく。

やがて、遠くに赤い鳥居が見えてきた。近づくにつれて、その鳥居がとても大きいことがわかった。

「ここに、お姉ちゃんがいる……」

わざとひとりごとを言った。祈るように。自分に言い聞かせるみたいに。

大鳥居をくぐると、入り組んだ段差が延々と続く。それを繋ぐようにして設けられた、いくつもの小さな鳥居がある。

ここをすべてくぐっていかなければ、上には行けないようだ。

まるでなにかの儀式みたいだ。

へとへとに疲れていて、手も足も千切れてしまいそうに痛くてたまらない。どこまでも続く階段と鳥居を見るだけで、泣き出しそうになる。

それでも、進む足は止めなかった。

いくつだって、くぐってみせる。何段だって、昇ってみせる。

汗が噴き出しても。たとえ心臓が止まってしまっても。

わたしはきっと、この足を止めない。

頂上に近づくにつれ、商店街で見かけた小さな『腕』や、トンネルで向かってきた大きな『腕』が襲いかかってくるようになった。あの『腕』は、トンネルのこちら側であればそこら中にいるみたいだ。

右から左から『腕』に襲われても、足を止めない。

転んでも、階段を踏み外しても、前に進む。

口の中は汗と血の味がする。

喉が焼けつくように痛い。先程からひゅうひゅうと高い音が漏れていた。

そんなわたしを助けるように、階段の左右に生い茂る草むらの中には、トンネルの中で見たような祠がたくさんあった。お守りを持って近づくと光が灯る。その光を浴びると、『腕』は朝日を浴びた夜の星みたいに消えていく。

『腕』が現れては祠を探し、光を灯して夜を照らす。

それを幾度も繰り返しながら、いよいよ足の感覚がなくなってきたころ——長い長い石段に辿り着く。

わたしは直観的に、この石段が、最後の分かれ道なんだと理解した。

——怖い。

ずっと、怖かった。

ここで逃げれば、わたしだけは自由になれるのかもしれない。

もう、これ以上怖い目に遭わないで済むのかもしれない。

でも——。

「お姉ちゃんをひとりにしてたまるもんか」

ポロのお墓の前で決意した言葉を、もう一度繰り返す。

その声はカラカラで、自分の声じゃないみたいだったけど、内側から少しずつ力がわいてくるのを感じた。

さっきから震えっぱなしの手を開いて、汗でくたくたになったお守りを見つめる。

お守りを包むみたいに指を一本一本折りたたんで、ギュッと握り締める。

——お姉ちゃん。今、むかえにいくよ。

わたしは石段に足をかけた。

一段、一段。

一歩、一歩。

薄くなっていく空気と深くなっていく霧に、体を少しずつ蝕《むしば》まれていくように感じながら、わたしは登っていく。

見上げた夜空は曇っていて、お月さまもわたしを応援してくれない。

やがて少しずつ、おんぼろな建物の屋根が見えてきた。霧の中、まぼろしのように見えるその建物は、どうやら神社のようだ。

ムカデの神社もおんぼろだったけれど、汚れてはいなかった。ちゃんとあそこを守る誰かがいて、商店街の人たちも神社に感謝していたから、お掃除はされていた。お姉ちゃんみたいに、お参りに来る人もいた。

あの神社は——忘れられていなかった。

だけどこの神社は違う。長い間、誰もお参りに来てないみたいだ。

立派な石段があって、鳥居もあって、建物――おやしろだって、あんなに立派。太い注連縄《しめなわ》だってある。

なのに、忘れられている。

町の人たちは誰もこの中途半端な場所にある神社のことを話さないし、あることすら知らない。

この神社は――ひとりぼっちなんだ。


石段を登りきって、わたしは孤独な神社と向かい合う。

おやしろを取り囲む敷地には、円陣で囲むように祠がいくつも置かれている。

なんだか歪だった。祠のほうは少し新しくて、神社の古さと合っていない。

まるで――。

――そう、まるで、石でできた柵みたいだ。

祠で囲んだ場所と他の場所とを、点線で切りはなしているように見える。

わたしは、おやしろのほうへと進む。

祠の境界を越えたとたん、「あれ？」と思った。

商店街で電話をとったときに少し似ている。あのときは、世界が真っ赤になっていた。おかしくなった。でもここは違う。見た目はなにも変わっていない。

――音だ。

草木を揺らす風の音も、穏やかな虫の声も、一切が聴こえなくなった。

耳鳴りを誘うほど静かな空間。それでも足を止めずに前へと進んでいくと、視界に探し求めていた人の姿が映った。

「お姉ちゃん……」

思わず、目をこする。

何度こすっても、お姉ちゃんはちゃんとそこにいた。

「お姉ちゃん！」

空き地で見失ったお姉ちゃんが、おやしろの入り口に倒れている。家を出ていったときの姿のまま、足元だけは、見知らぬ上履きを履いて。

汗にまみれて、全身ビショビショなお姉ちゃんが――身動きひとつせずに、横たわっている。

その姿が、ポロの姿と重なって冷や汗が噴き出す。

わたしは足をもつれさせながらも駆け寄って、お姉ちゃんの隣にひざまずいた。

その顔に耳を近づける。すうすうと、小さな息の音。

胸も上下している。

——ああ、生きている。

お姉ちゃんはまだ、いけにえになっていない。

「お姉ちゃん、帰ろう」

わたしは祈る。

お姉ちゃんに抱きついて、せいいっぱい祈り続ける。

「お姉ちゃん、ごめんなさい。もう、ポロは帰ってこないの。全部、わたしのせい。わたしが悪いの。ごめんなさい」

わたしは、一生懸命謝る。

許してもらえなくたっていい。お姉ちゃんに起こったことを知ってもらって、一緒に家に帰るだけでよかった。

だけどお姉ちゃんは起きてくれない。

祈るように、お姉ちゃんの冷えきった肩に手を乗せる。

「お姉ちゃん、お願いだから起きて……」

起きてくれないと、わたし——。

「ん……」

お姉ちゃんの口から、吐息が漏れた。

「お姉ちゃん！」

やった、声が届いた。起きてくれる。

お姉ちゃん、わたしだよ。もう起きてもいいんだよ。

安心して身体中の力が抜けそうになったそのとき――もうひとつの、低い吐息が、おやしろの中から吐き出されてきた。

さらに、辺りに漂う鉄の臭い。

体がむず痒《がゆ》くなるような、強い鉄の臭いが近づいてくる。

「……ひぃ……！」

声にならない悲鳴をあげながら、わたしが見たもの。

それは大きな人間の顔だった。

いや、顔の形をしたナニカ。顔中にヒトが群がり、グネグネと動いている。

まるでヒトで作った肉だんご。

全身が青白く、一本も毛が生えていない、目もない、口もない顔にあるのは三つの空洞だけで、男なのか女なのか判別も難しい人間の体。それがいくつも、数えきれないように折り重なって、不自然に折れ曲がって、くっついて――大きな顔の部品になっている。ひとつひとつの体が、苦しそうに脈打っている。

無数の人の体でできた、顔。

大きな顔の口の部分に集まったヒトの体からは赤黒い骨がハミ出ていて、本物の歯みたいに見える。

右目の部分にはわたしの体と同じぐらい大きな目が埋まっている。左目の部分には、大小様々な目が、無理矢理押しこめたみたいに、ぎちぎちにはまっていた。

さらにその両脇から、トンネルでわたしを襲った『腕』が二つ現れた。まるで巨人の顔と腕だけが、そこに落ちてきたみたいだった。

「────」

『顔』が、雄叫《おたけ》びをあげた。地面が揺れ、風が震えた。今までに聞いたこともない叫びだった。

無数の目からわたしに向けられる想い。それはとてつもなく深い悪意と、敵意だった。

町で見たいろんな影の恨みや、ネックレスを探していた女の人の絶望なんて──。

──それこそよまわりさんの怒りだってかすむぐらいの重々しい感情が、鉄の臭いと一緒に辺りに広がっていく。

胃液がこみあげてきた。見た目以上に、その敵意に耐えられない。

あのメモが本当なら、この『顔』はトンネルのあちら側――町から人間をさらってきて、自分のいけにえにしている。

きっと、これまでずっと、何度もいけにえを集めてきたんだろう。この『顔』を象《かたど》っている人の体は、そのいけにえの体なのかもしれない。

いけにえにされてしまったら――。

いけにえになった命は、永遠にこの『顔』の一部として次のいけにえを探しながら、生きている人間を憎まなきゃいけないんだ。

――そんなの、地獄だ。

天国と地獄のお話は本で読んだことがあったけれど、地獄は本当にあったんだ。

『顔』が、わたしとの距離を詰めてきた。

喜ぶみたいに、顔に群がる青白いヒトたちがグネグネと波打つ。

――こわい。

背筋が凍りつくほど。

心を閉じて、消えてしまいたくなるほどに、怖い。

だけど絶対に、お姉ちゃんをいけにえになんてさせない。

わたしは、勇気をふりしぼって『顔』を見上げ、見据えた。

憎々しげに、すべての目がわたしをにらみつけたかと思うと――。

視界が一変した。


いつの間にか周囲の景色が歪み、空の色が赤くなっている。『顔』がわたしを、悪夢のような世界に引きずりこんだらしい。

境内だった場所は、尖ったトゲのような岩が生える、異様な空間になっていた。

『顔』がじりじりと迫ってくる。この場所でゆっくりわたしを追いつめて、ゆっくりわたしをいけにえにするつもりなんだろう。

――思い通りになんてならない。

わたしの手には、このお守りがある。お姉ちゃんが自分と家族を守ろうとした証《あかし》が、今はわたしの手の中にある。

わたしは迫りくる『顔』と距離を取り、近くの祠を目指した。

地面には根っこのような、血管のような割れ目が走っている。祠はその割れ目を繋ぐ場所に置かれているみたい。

これって、もしかして――。

わたしは、お守りを掲げる。

思った通り、お守りの光がうつった。祠の周囲が、あたたかな光に包まれる。

『顔』の表情が、苛立たしげに曇った。

わたしのようなただの子どもには好きほうだいできても、このお守りに対しては強引なことができないみたいだ。

こんな世界、わたしとお姉ちゃんのお守りで——この光で、ぬりつぶしてやる。

わたしは『顔』と『腕』に追われながら、ひとつひとつ祠に光を灯していく。

すると、声が聞こえてきた。

『お前のせいで、ポロは死んだんじゃないか』

この世のものの声じゃなかった。

いくつもの声を混ぜて、無理矢理に繋ぎ合わせたみたいな、不安をかきたてる音。心臓を刺されたかと思うほどの痛みが襲う。

こうして言葉にされると、こんなに痛い。

『……お前が、逃げなければよかった。お前があのとき、トンネルに入っていればば、ポロは死なずにすんだ』

「…………」

手が震える。お守りを握り締める手に、力が入らなくなる。

『お姉ちゃんが巻きこまれたのも、お前のせいだ。お前が真実を話さなかったから、お姉ちゃんはこんなひどい目に遭った』

全部、お前のせいだ。

お前さえいなければ。

お前が生きているから。

――わたしが、生きているから。

――わたしが死ねばよかったのに。

紙の上に落ちたインクみたいに、声がジワジワとわたしの胸の中に広がっていく。

『お前がなにもしなければよかった。お前のせいで、よまわりさんが現れた。もうなにもするな、お前がいなければ……』

「いなければ……」

『お姉ちゃんも、お前の母親代わりなんてせずに、誰かに甘えられる』

「…………」

――そっか。

そうだよね。

お母さんがいなくなって、本当にさみしかったのはお姉ちゃんだ。

お姉ちゃんは、まだ小さくて、自分ではなにもできないわたしを抱えて、甘えられる相手を失ったんだ。

ポロがいたからよかったけど、お父さんもあまり帰ってきてくれない家では、お姉ちゃんは強くて優しい大人であり続けなければいけなかった。

『**お姉ちゃんを解放してやれ。そして、ひとつになれ。そうすれば、安心だ……大丈夫、なにも怖くない……**』

恐ろしい声なのに、なんだかわたしを労《いたわ》る、懐かしい声のように感じられた。

重なり合う声のひとつに、聞き覚えがある。

「………お母さん？」

語りかける声に混じっていたのは、わたしがずっと前に聞いたきりの――ずっと聞きたいと思っていた、お母さんの声だった。

『**お前も甘えて……お姉ちゃんも甘える相手を見つける。それでいい……死ぬことなんて怖くない。傷ついたって、傷つけたって平気だ。私たちは永遠なんだから**』

優しく、声は私を諭してくる。

『**永遠に、ひとりじゃない。永遠に、怖くない……**』

それは素敵だな、と思った。

わたしは今夜だけで、恐ろしいものを見すぎた。当分、ゆっくり眠ることはできないだろう。もしかして、一生眠るのが怖くなってしまうかも。

その恐怖から解放されて、お姉ちゃんも救えるんだったら、こんなに素晴らしいことはないようにも感じる。

――でも。

「わたし、永遠なんていらない」

『…………』

力いっぱい断言するわたしに、今度は相手が黙った。

「さみしいことも、甘えたいことも、逃げたいこともたくさんあるけど……人を傷つけて、平気になるのは、ダメだよ。お姉ちゃんがいつも教えてくれたもん。苦しいからって、他の人を傷つけようとしたり、苦しめようとしちゃダメなんだって。怖くても、辛くても、誰かにぶつけるのが楽しくなっちゃったら……」

――そんなことが嬉しくなっちゃったら。

結局、あとになって一番苦しくなるのは自分なんだ。

お姉ちゃんが言っていたわけではない。わたし自身が、今そう思う。

『…………』

『顔』は沈黙を続ける。わたしはその隙に、他の祠を目指す。

お守りは光り続けている。

わたしが諦めたら、この光も消えてしまう。

そんな気がした。


祠に光をひとつ灯すたび、わたしは今夜出会った夜をさまようものたちのことを、ひとつひとつ思い出していた。

街灯の下に佇む黒い影は、妬ましそうにこちらを見てきた。

田んぼで出会った女の幽霊は、わたしを追いかけ強い感情をぶつけてきた。

商店街で出会ったムカデは、わたしを赤い世界に閉じこめた。

廃工場で出会った子どもの影は、わたしを誘うように楽しげに笑っていた。

最初は理由がわからなくて、ただただ怖かった。

でも、今ならわかる。みんな同じだったんだろう。

——みんな、ずっとずっと、さみしかった。

だから、妬みを、憎しみを、願いを、誘惑を、わたしに向けた。

見ることができる、わたしに。

この『顔』も昔は、あのムカデと同じような神様だったのだろう。だからさっきの声みたいに、わたしの願いや祈りを覗き見ることができる。それに応えようともしてくれる。

自分を神様として見てくれる相手がいるうちは、『顔』も神様として正しく相手をしてくれたのかもしれない。このお守りに込められたお姉ちゃんの想いに、祠が優しい光で応えてくれるように。

だけど忘れられて、孤独になって、必要とされなくなって。

ときどき歪んだお願いをされるだけの存在になって、自分が何者だったかも忘れてから――。

『――――』

そのとき、再び『顔』が雄叫びをあげた。

光を灯すたびに、波打つように群がるヒトが揺れ動き、雄叫びが大きくなっていく。

それはまるで、さみしい他人をいけにえにして取りこんできた、歪んだナニカの最期《さいご》が近いことを表しているようだった。

叫び声をあげて突進してくる『顔』を避けながら、わたしは光を灯していく。

どんなに叫んでも誰にも声が届かないこの場所で、あの『顔』はいつから叫んでいたんだろう。諦めは怒りに、怒りは憎しみに変わる。一度生まれた憎しみは、なかなか消えない。『顔』の孤独を埋めてあげられればなにかが変わったのかもしれないけれど、わたしはお姉ちゃんを連れて帰らなきゃいけないから。

またひとつ、祠に光を灯す。

『顔』は二つの『腕』を振り回すようにしてわたしを追ってくる。

子どもみたいだ、とわたしは思う。

──そんなことをしているから、よまわりさんが来るんだよ。

わたしは心の中で、『顔』を叱りながら走る。

残りの祠はひとつ。

すぐ背後まで迫ってきている『顔』を振り返りもせず、お姉ちゃんと神社をお参りするときのように、光を灯した。

すべての祠が光を灯すと、地面の割れ目と祠の配置が、ちょうど六角形を描いていることに気づいた。光の六角形──わたしの祈りの形が、『顔』を包む。

六角形の中心で、ぴたり、と『顔』の動きが停止した。

怒っているような、泣いているような、ダダをこねるような──そのどれでもあり、どれでもない表情を浮かべた『顔』。

空洞の中に収まっていた無数の『目』がガクガクと震え、白目を剝きながら消えていく。岩のような歯も、自分で飲みこんだように消えてしまった。

『顔』のパーツになっていた人間の体も、はがれるようにして光の中に溶けてゆく。同時に、『腕』もきれいさっぱり見えなくなる。

わたしは光に向かってもう一度、平穏をお祈りするために瞳を閉じた。

やがてまぶたの裏にまで、まばゆい光が広がり――。

――わたしは、元の神社の境内に立っていた。


「お姉ちゃん……？」

辺りをきょろきょろ見回すと、さっきと同じように、お姉ちゃんがおやしろの前で倒れていた。

「お姉ちゃん………死なないで……！」

わたしは最後の力を振り絞って、お姉ちゃんの元に駆け寄り、抱き着く。

お姉ちゃんの――生きている人間の体温にすがる。

「お姉ちゃん、わたし、探しに来たの。いっぱい、いっぱい歩いて――ポロのことも見つけたよ。もう帰っていいんだよ」

かすかに、お姉ちゃんの唇が「ううっ……」と、動く。

よかった、意識がある。

また、お話できる。

「お姉ちゃん………怖かったよう」

甘えたらダメだと思っていたのに、わたしの口から出たのは、情けない弱音だった。

「怖かった……さみしかったよう、お姉ちゃん。イヤだよう。もう一人になりたくないよう」

お姉ちゃん。

お姉ちゃん、お姉ちゃん、お姉ちゃん、お姉ちゃん。

あのね、お母さんが家にいないのは、クラスでわたしだけなんだよ。

お父さんがほとんど家にいないのも、クラスでわたしだけなんだよ。

でもね、お姉ちゃんがいるから、お姉ちゃんが大好きだから、我慢する。

お姉ちゃんがいないときは、ポロとずっと一緒に過ごして紛らわすの。

でもね、もうポロはいないの。

わたしのせい。わたしがちゃんと見てなかったから、ポロは死んじゃった。

ポロが死んでまで、わたしを守ろうとしてくれたのに、わたしはなにもしてあげられなかった。

お姉ちゃん、あとでわたしのこと、たくさん叱って。

でも、どこにもいかないで。

もうお姉ちゃんしかいないの。

わたしには、甘えていい相手も、甘えてもらえる相手も、もうお姉ちゃんしかいない。

さみしいよ、お姉ちゃん。

もう一人はイヤだよ。

だから、死なないで。おいてかないで。

お願い。

一緒に、生きよう。


「お姉ちゃん……一緒に帰ろう」

他になにも要らない。お姉ちゃんが生きていて、二人で帰っていいのなら、それでいい。それだけしか、わたしは望まない。

苦しそうに小さくうめくお姉ちゃんを、わたしはそっと抱き起こした。

「ううぅ……」

——ここから降りなきゃ。

お姉ちゃんを、わたしが支えていかなきゃ。

長い石段を下り、山を下り、草むらを歩く。

ここに来るまで背負ってきたものや、お姉ちゃんに背負わせてしまったものに比べれば、このぐらいの道のりは軽いもの。

あの『顔』と『腕』が消えたからか、帰り道は静かで、焦って逃げたり隠れたりする必要はなかった。

お姉ちゃんの体温を感じながら、わたしは家を目指す。

——お姉ちゃん。帰ったら、一緒にぐっすり眠ろうね。

真っ暗なトンネルを越えて、山道に出た。

ここまで来れば、大丈夫。ふらふらはしているけれど、お姉ちゃんも歩いている。

そろそろ明け方。空も白んで、わたしたち、生きている者の時間がやってくる。

見慣れているはずのお日さまが、ずいぶんと久しぶりに会う親戚みたいに思えた。

よかった。安心していいんだ。

もう、落ち着いていい——はずなのに。

おかしい。

空は明るくなってきたのに、視界が悪い。目がかすんで、前がよく見えない。

うまく歩けない。足下も見えない。

それに——。

「痛い………！」

目が痛い。片方の目の奥がチクチクしてきて、そのうちズキズキしてきた。

誰かが直接、わたしの目を摑んで力いっぱい握り潰そうとしているみたいだった。あまりの痛みで、意識が遠くなる。

気を確かに持たないと、絶叫しちゃいそうだ。

痛い——痛い、痛い、痛い、痛い、痛い。

もう、こっちの目はほとんど見えない。

いやだ。ここまで来て——目が痛いぐらいで、帰れなくなるなんて、いやだ。

——目のいっこぐらい、あげるから。

だから、帰らせて、お願い。

わたしの祈りが届いたみたいに、自分の頭の内側で。

ぱんっ。

と、風船が割れるような音を聞いた。

そして、痛んでいた目がまったく見えなくなった。自分の意思で、目玉を動かすこともできない。

真っ暗だ。懐中電灯が消えてしまったのかな。

「真夜中みたい……」

懐中電灯をつけなきゃ、と思ったけどスイッチは入ったままだった。

だらだらと悲しくもないのに涙が零れてくる。

手でぬぐってみたら、それは血だった。ぐちゃぐちゃになった自分の目が、血まみれになって流れ落ちていく。

わたしの世界は、今度こそ真っ暗になった。

朝日を照り返す霧の中、トンネルの入り口の前にわたしは立っている。

わたしの隣には、首輪をつけていない元気だったポロがいる。

ぼんやりしていると、トンネルの向こうから、懐かしい誰かの声がした。

——呼んでいる。

こっちにおいで、と優しく誘われている。

わたしは深く考えず、トンネルの中に入っていこうと思った。

きっとあっちに行けば、楽になれる。踏み出そうとしたら、いきなりポロが「わんわん！」と吠え出した。

わたしが進もうとする方向を遮って、けたたましく吠える。

こんなに怒っているポロを見るのははじめてだった。

「どうしたの、ポロ……？」

——帰りたいの？

帰っても、どうせひとりぼっちだよ。

いつもなら弱音を吐くわたしに優しいポロが、まったく優しくしてくれない。ポ

ロの表情は、
――ひとりじゃない。
そう言っているように見えた。
ぼんやりしていたわたしの脳裏に、わたしが夜通し探し続けた人の面影がよぎる。
そうだ。お姉ちゃんが待っている。
わたしが帰るのを待ってくれている。
だから、早く帰らなきゃ。
わたしが足を止めると、ポロは満足そうに尻尾を振った。
もう、お別れはすんでいる。
わたしはポロに――トンネルに背を向けて、歩き出した。
「わんっ」
遠くからポロの鳴き声と、どこかに走っていく足音が聞こえた。
視界が白み、東の空からあたたかい光が訪れる。
やっと、朝が来る。

明け方姉《あけがた》

頭の上に、明星《みょうじょう》が見えた。

意識はぼんやりとしていて、はっきりしない。疲労のせいかと思ったけれど、どうやら違うみたいだ。私の心に、誰かが語りかけてくる。その声を聞いていると、体がうまく動かせなくなる。

なにも考えなくていい。

余計なことを考えようとすると、頭がズキズキと痛む。

なんとか動かせる目で、周囲を見渡す。

工場の中ではなかった。屋外のどこかだけど、路上ではない。背中に冷たい板の感触がある。

この空気には憶えがあった。

そう、ここは山の神社。

かつて、お母さんが大きな『腕』に捕まって、さらわれていった神社だ。

当時の私はよまわりさんに追いかけられながらもお母さんの行方を追って、この神社までやってきた。そこで現れたのは、人が折り重なったような形の、大きな『顔』だった。

私は神社で立ち尽くしていたお母さんの手を取って、なにも考えずに走り出した。

よろよろと歩くお母さんの体を支えて歩く私もまた、体も心もボロボロだった。なにが正しいかを判断する力に欠けていたと思う。

『顔』は、大小様々な『腕』を放って私たちを追いかけてきた。懐中電灯ひとつで、守ってくれるものもなく、救ってくれるものもなく、ただ必死に走って私はトンネルに辿り着いた。

そこが、私の限界だった。

暗く長いトンネルを、お母さんを抱えて逃げるのは――不可能だった。そのときすでに、私は追いつめられてしまっていた。

背後にはもうすぐそこまで『腕』が迫っていた。私は最後まで抵抗して、お母さんを守ろうと――。

『助けて』

頭の中で、聞き覚えのある声が響く。

『助けて』『助けて』『助けて』

私を問いただすように、同じ言葉が頭の中で反響し続ける。

「わ、私はお母さんを……」

守ろうとした？　それは真実？

『助けて助けて助けて助けて助けて』

「やめて……！」

頭の中で響き続ける声を止めたくて、激しく頭を振りながら叫ぶ。

——違う。違った。本当は、わかってた。

お母さんが私を逃がしてくれたなんて。

そんなの、都合の良いニセモノの記憶だ。

あのとき、お母さんは私に手を伸ばして叫んでいたじゃないか。

「助けて――お母さんを見捨てないで」って。

それなのに、私は。私は――。

お母さんに背を向けてしまった。

◉

あのとき、私は疲れきっていた。へとへとだった。

それでも、自分の力ではマトモに歩くこともできないお母さんを必死に支えながら、『腕』から逃れようと走っていたのは本当だ。

でも、長いトンネルの途中でなにかに躓《つまず》いたお母さんは、そのまま地面に倒れてしまった。

「お母さん‼」

振り返ると、お母さんはすでに『腕』に追いつかれていた。

「助けて……」

お母さんが絶望的な表情でこちらを見つめ、必死に手を伸ばしている。

その下半身は、すでに闇の中に飲みこまれはじめていた。

まだ間に合うかもしれない。

――でも、間に合わなかったら？
二人とも、飲みこまれてしまう。
「助けて――」
その声は、だんだん小さくなっていく。
手を伸ばさなきゃ。
そう思うのに、体が動かない。
「お母さんを見捨てないで……」
私は、なんとか体を動かして――
逃げ出した。
怖かった。
死ぬのが、たまらなく怖かった。

◉

覚えている最後のお母さんの顔は、大きな『腕』に握り締められ、トンネルの向こうへ引きずられていく、絶望に満ちた表情。覚えている最後のお母さんの声は、悲鳴。

どうして――どうしてここまで、忘れてしまっていたんだろう。

お母さんが自分を犠牲にして私を助けてくれただなんて、そんなことは起きていない。私は事実を歪めて、都合よく経験を美化していただけだ。

私は、工場で襲ってきた彼のことを思い出す。

彼もまた、言動や行動が支離滅裂だった。心が歪んでしまっていた。

神様ですらそうであるように――歪んだ穢れに触れ続けてしまうと、その者の心も歪んでしまうらしい。歪んでしまった心の持ち主は、利用され、人でないものに近づき、人でないもののいけにえになる。

私はあのころに――とっくの昔に、穢れてしまっていたんだ。

今までずっと素知らぬ顔をして、家族とともに過ごしていたんだから。

ポロはそんな私を、ずっと見ていたはずだ。

あのとき、途方に暮れた私が山道で拾ったのがポロだ。自分の心とはぐれてしまった私は、偶然にポロと出会った。ポロと一緒だったから、なんとか自分を保ったままここまで生きていられた。

でも、もう、ポロはいない。

「お母さん……」

明けの明星に向かって、私は呟く。

そして続けるべき言葉を見失う。

謝ればいい？

私も、そっちにいけばいいかな。

──わからない。

もうわからないよ、お母さん。

あのときお母さんに背を向けたくせに、私は普通に生きたいって思っちゃってる。

私だってまだ子どもなんだよ。

もう限界だよ。大人のフリなんてもういやだよ。

もうお母さんの代わりなんて──。

──泣きごとを呟きかけた私の肩を、誰かが支えて、歩こうとしている。

──妹だ。

懐中電灯を握り締めて、泥だらけになった妹が、私を起き上がらせて、山道を下っている。

別れてから数時間しか経っていないのに、その横顔は、とてもたくましい大人のようで。

なにを見てきたんだろう。

なにと出会ってきたんだろう。

——もう、いいんだよ。

私のことを見捨てて逃げたって、私は文句なんて言わない。

ここでいけにえにされることは、私への罰。当然の報いなんだから。

だから、あなただけでも逃げて。

そう言いかけて、すでに妹がトンネルを越えていることに気づいた。そこで歩き続ける妹の足が止まった。

ぱん、という破裂音が聞こえた。

なんだろうと思ったら、妹がぐったりとして地面に倒れこんだ。

気を失った妹の片目から、とめどなく涙が——。

いや、血が溢れてきていた。どろどろになったなにかが、妹の目から流れ落ちてくる。

破裂したのは、妹の目だ。

妹が——片目を奪われた。

こんなのおかしい。だって、ここ最近ずっと目が痛かったのは私のほうだった。

山の神様は、いけにえとして定めた人間の目を奪うと聞いている。失うのは私のはずだった。

――どうして？

神様が間違ったの？

それともまた私が、自分の目の代わりに妹の目を、無意識のうちに差し出してしまったの？

私は、思わずその目を手で掬《すく》いそうになった。すぐに戻せばなんとかなるのでは、と思ってしまった。もちろんそんなわけがない。そんな都合のいいことは起こらない。

妹が私を差し出さず、最後まであの『顔』に逆らった報いが、これなんだろうか。

倒れた妹の口が、微かに動いた。

「帰ろう、お姉ちゃん……」

私はたまらなくなった。

この子の想いが伝わってくる。震えながら家で待っていると思っていたのに
――。

妹はまったく「さみしい」と言ったことがなかった。ポロがいてくれたから、というのもあるだろうけれど、この子はこの子なりに、自分の環境が他の家の子と比べて、多くのものが欠けていることに気づいていた。

それでも強く生きようとして――そして、私のことも守ろうとしてくれていたんだ。

そんなこの子が、またひとつ、大切なものを奪われてしまった。

子どもなのに。

まだ、二つの目でしっかり見ておきたいものが、たくさんあっただろうに。

――苦しい。

――こんなことってない。

泣いている場合じゃないのに、私が泣いてちゃいけないのに、涙が溢れてくる。

私はなにかに縛られていた体を無理矢理に動かして、命を燃やすつもりで立ち上がり、妹を抱き起こした。その小さな体を強く抱き締め、制服のスカーフで妹の目を覆って、なんとか血を止めて、肩を支える。

そして、町へと歩き出す。

まっ青な顔の妹の耳元で、

「お家まで、一緒に帰ろうね」

できる限り優しい声で、囁く。

さみしかったね。助けに来てくれてありがとね。

もう大丈夫だからね。

あとはお姉ちゃんに任せて。
あなたは、私が守るから。
ずっと私が守るから。

夜廻《よまわり》

エピローグ

エピローグ　妹

空が高い、土曜日の午後。

ようやく体調と状況が落ち着いたわたしとお姉ちゃんは、準備を整えてお墓参りにやってきていた。

霊園の向こう、林の脇に埋めたポロのお墓参り。

わたしはお花を摘んで、ポロに手向《たむ》けてあげた。

まだ目が慣れていなくて、お花を持つ手とお墓との距離感が測れない。

「ゆっくりでいいからね」

お姉ちゃんは優しく微笑んで、おぼつかない手つきのわたしを見守ってくれた。

あの日の明け方、破裂して潰れた目の傷は、すぐに塞がった。

当たり前だけど、失った目はもうまぶたを開いたり閉じたりしても、ずっと真っ暗なまま。

わたしは残された片方の目だけで光を感じて、毎日を過ごしている。思いのほか

不便で、転ばない日はないほど。目のないほうから自転車や車が来ても気づけない、ということもあって、この数日の間だけで何度も事故に遭いかけた。

家に帰れたら、もう平和だと思っていたけど、そんなことはなかったみたい。

今のわたしの世界は、半分が真っ暗な真夜中のままだった。

真夜中の世界には、ときどき妙なものがいる。

あの日の夜、町でたくさん見たいろいろなナニカが、お昼でも見えるときがある。夜であれば、家の中でも見える。

本当に静かな場所なんて、どこにもないということをわたしは知った。これからの生活は、ちょっとどころか、かなり大変なことになる気がする。

でも、わたしのそばには、お姉ちゃんがいる。

未来になにが起こるかわからないとしても、わたしには、わたしを大事にしてくれるお姉ちゃんがいる。わたしが大事にしたいお姉ちゃんがいる。

――だから、これでいいや。

そんなことを思いながら、お姉ちゃんと並んで手を合わせた。

元気だったころのポロを思い出しながら、長い間、天国のポロの平穏をお祈りした。

しばらくして立ち上がったわたしに、お姉ちゃんが手を伸ばしてきた。わたしは、しっかりとその手を握り、そのあたたかな、この世界で生きている証を感じる。

「大丈夫だから。わたし、もうお姉ちゃんの手を離さないから」

自然と、そんな言葉が出てきた。

お姉ちゃんは一瞬びっくりした顔をしたけど、すぐにいつもの笑顔に戻り、

「うん……私も離さないよ」

と言って、わたしの手をぎゅっと握り返してくれた。

エピローグ　姉

工場で出会った男は数日後、崖下で気絶しているところを発見された。

その隣には、崖から落とされて死亡した女性の白骨死体があり、まるで仲睦《むつ》まじく心中したような光景だったという。

男は衰弱しきっていた上に心神喪失状態だったらしく、身柄を確保した警察に対して、今も意味不明な供述を繰り返しているみたいだ。

相当な怪事件だったため、連日報道されている。

それによると、彼が持っていた刃物には、行方不明だった女性のものと思われる血液が付着していた。供述の断片や男が残した直筆のメモからも、彼が殺害したことは確実みたいだ。

ただし女性の死亡時期はずいぶん前だったようで、男がなぜ遺体のもとにやってきて、そのまま一緒に眠っていたのかは結局謎のままだった。

警察は男の心身が回復するのを待ってから、詳しい取り調べを行うそうだけど、恐らくそれは叶わないだろう。

私はよまわりさんに飲みこまれたあの男の姿を見てから、彼を恨むことはしないと決めていた。

今の私が気になっているのは、あの日からの妹の様子について。

妹はどうやら――私に見えないナニカが常に見えている。

夜だけでなく、朝も、昼も。

視線の動きを見ていれば、隠していてもわかった。

片方の目を失った妹は、今も半身を真夜中の世界に置いてきたままなのだ。

あれから図書館等で調べるうちに色々とわかってきた。

昔々、山の神様に捧げられたいけにえは、片方の目をお供えものとして抉《えぐ》り出されたそうだ。

妹は、今もいけにえとして狙われているんだろうか。

それとも妹は、神様の怒りに触れて、祟《たた》られてしまったんだろうか。

私には、判断するすべがない。確かなことは、結局また私だけが無傷で帰ってきてしまった、ということ。

今後の妹の未来を思うと、胸が張り裂けそうになる。目を失って、その上見なくてもいい世界を常に見続けることになった妹は、どんな大人になっていくんだろう。辛いことや苦しいことが、これから山ほど待っている。

冬にはあの商店街も神社も取り壊されてしまうそうだ。私たちを守ってくれていたものは、これから町そのものに追放されてしまうことになる。

状況はより厳しくなっていく。

だけど、私は諦めない。

もう二度と、逃げ出したりしない。

ポロが私を守ってくれたこの数年間のように、これからはなにが起こっても私が妹を守る。

神様は私への罰のつもりで、この状況を用意したのかもしれないけど、私にはもう、あの子しかいない。一緒に生きてみせる。

――ただ、私の決意とは別に、もうひとつ気になっていることもある。

毎日、毎晩――視線を感じることだ。

妹と過ごしていると、常に誰かに見られている。外を歩いているときだけではない。部屋にいるときも、誰かの気配を感じる。

断言はできないけど――私は、それはよまわりさんだと思う。

よまわりさんは、妹を常に見張ると決めたんだろう。

あれからずっと調べているけれど、よまわりさんの正体だけは、どうしてもわからなかった。

夜をさまよう他のナニカとはまったく違う基準を持っていて、まったく別の行動原理で動いているらしい。

確かなのは、よまわりさんが現れるところには必ず子どもがいる、ということ。子どもが夜の世界の奥に進もうとすれば阻んでくる、ということ。

大昔の大人たちは、子どもの夜遊びを止めるために、様々な夜のお化けを考えたらしい。よまわりさんの行動は、そんなお化けたちとよく似ている。

だけど似ているだけで、真意は読めない。よまわりさんに真意があるのかどうかも、わからなかった。

知ったところで――夜の恐怖は変わらない。

よまわりさんは、怖いことに意味があるんだろう、と私は思う。

よまわりさんに見られているという意識が心のどこかにあるだけで、私も妹も、越えてはならない一線を越えずに、ギリギリ『こちら側』に留まっているような気はする。

――その点では、よまわりさんに感謝しなきゃ。

ひょっとして、私たちはもうすでに、『あちら側』に足を踏みこんでいるのかもしれないけど。

ポロのお墓参りを終えた私は、妹の手を引いて家に帰る。
そろそろ空が暗くなってきた。
私は、夜になりかけた黄昏の空を見上げる。
夜を歩き、夜を見上げれば――。
夜が、私たちを見つめてくる。

きょうも、1にちがおわった。
よるベッドにはいると、いろんなしせんをかんじる。
もう、よるにはねむれないかもしれない。

ひとりでしぬのはこわい。
ひとりでしぬのはさみしい。
まっくらなよるは、とてもこわい。
それでも、あさはくる。
ポロがいなくても、おねえちゃんがいなくても。
たとえわたしがいなくても、よるがきて、あさがくる。
そしてまた、よるがくる。

だから、どんなときでも、いっしょうけんめい
いきていく。
そうやって、おとなになろう。

おとなにならないと
また、よまわりさんに
さらわれてしまうから。

あとがき

夜道を一人で歩いていると、ふとイヤな気配を感じることがあります。
想像力が作り出す、暗がりに潜む者達に、本気で怯《おび》えていた頃が誰にでもあったと思います。
そんな不気味な夜の情景を描くため『夜廻』というゲームと物語は生まれました。
まさか、小説という形で皆さまに触れてもらえるようになるとは、
ゲームを開発していた頃には想像もしていませんでした。
小説版にて『夜廻』の世界をより深く楽しんでいただけると
嬉しいです。

『夜廻』ディレクター　溝上侑

本書は二〇一七年三月にＰＨＰ研究所より刊行された作品を、加筆・修正したものである。

著者紹介
保坂 歩（ほさか　あゆむ）
シナリオライター、作家。漫画原作『噂屋』、小説『心霊写真使い涙歌』、ゲームシナリオ『レイヤードストーリーズ ゼロ』『Tokyo 7th シスターズ』などを手掛ける。

デザイン――株式会社サンプラント　東郷 猛

PHP文芸文庫　夜廻《よまわり》

2019年7月22日　第1版第1刷
2023年11月29日　第1版第6刷

原　作　日本一ソフトウェア
著　者　保坂　歩
イラスト　溝上 侑（日本一ソフトウェア）
発行者　永田貴之
発行所　株式会社PHP研究所
東京本部　〒135-8137 江東区豊洲5-6-52
文化事業部　☎03-3520-9620（編集）
普及部　☎03-3520-9630（販売）
京都本部　〒601-8411 京都市南区西九条北ノ内町11
PHP INTERFACE　https://www.php.co.jp/
組　版　朝日メディアインターナショナル株式会社
印刷所　図書印刷株式会社
製本所　東京美術紙工協業組合

ISBN978-4-569-76942-4

PHPの本

深夜廻《しんよまわり》

日本一ソフトウェア 原作

黒 史郎 著

溝上 侑(日本一ソフトウェア)イラスト

あなたをさらいに夜がくる――日本一ソフトウェアが贈る大人気ホラーゲーム第2弾『深夜廻』、待望の公式ノベライズ!!!